BIG LIFE

빅라이프

빅 라이프 12

우지호 장편소설

초판 1쇄 찍은 날 | 2017년 6월 20일
초판 1쇄 펴낸 날 | 2017년 6월 27일

지은이 | 우지호
펴낸이 | 예경원

기획 | 위시북스
편집책임 | 박우진
편집 | 이즈플러스

펴낸곳 | 예원북스
등록번호 | 제396-2012-000132호
등록일자 | 2012. 7. 25
KFN | 제1-118호

주소 | 경기도 고양시 일산동구 호수로 646-24 위너스21 II 빌딩 206A호 (우)10401
전화 | 031-819-9431 팩스 | 031-817-9432
E-mail | yewonbooks@naver.com

ISBN 979-11-6098-316-6 04810
979-11-5845-517-0 (set)

※ 이 도서의 국립중앙도서관 출판시도서목록(CIP)은 서지정보유통지원시스템 홈페이지(http://seoji.nl.go.kr)와 국가자료공동목록시스템(http://www.nl.go.kr/kolisnet)에서 이용하실 수 있습니다.

BIG LIFE
우지호 장편소설
12
WISHBOOKS MODERN FANTASY STORY
빅라이프
Wish Books

빅라이프
BIG LIFE

CONTENTS

116장

사람이 중요하지

-하재건 선생님, 주한 중국 대사관입니다. 전화를 받지 않으셔서 메시지 남깁니다. 부디 연락 한번 꼭 좀 주십시오.

"으음……?"

재건이 글 쓰던 손가락을 멈추고 한쪽 눈두덩을 찌푸렸다.

난데없이 주한 중국 대사관에서 연락이라니. 무슨 일로 나를 찾는 걸까.

길게 고민할 틈은 주어지지 않았다. 곧이어 또 진동이 울리면서 명석으로부터 전화가 온 것이다.

재건은 이번엔 냉큼 전화를 받았다.

"네, 편집장님."

—요즘 집에만 계시려니 힘드시죠?

"편집장님 목소리가 짓궂으십니다. 많이 힘들거나 답답하진 않아요. 고양이들이랑 놀면서 차분하게 글 쓰며 지내는 것도 좋네요."

—사람의 악의, 기다리고 있어요. 간단한 시놉시스라도 보여주시면 참 즐거울 텐데 말입니다.

"편집장님, 제가 정말 핑계가 아니고요. 여러 번 말씀드렸다시피 이건 캐릭터부터 만들기 시작해서요. 뭔가 보여드리고 싶어도 문서가 없어요."

—드려본 말씀입니다. 은근한 재촉 정도로 받아주세요.

재건은 주방으로 가 커피를 타면서 푸념을 이었다.

"사실 저도 편집장님이 재촉해 주셔야 글이 더 잘 나오긴 해요. 그런데 이것 참, 악의를 다루는 내용이라서 그런지 쓰면 쓸수록 정신적으로 피폐해지는 감이 있네요."

—하 선생님이 이렇게 엄살을 부리실 때도 있으시네요. 너무 안 풀리시면 저하고 술이라도 한잔하시겠습니까?

"저야 감사하죠. 편집장님이랑 이런저런 대화를 하다 보면 팟 하고 떠오르는 경우도 많고요. 아, 맞다. 편집장님."

재건이 조금 전에 받았던 메시지를 떠올리고 화제를 바꿨다.

"주한 중국 대사관에서 연락이 왔었어요."

–중국 대사관이요? 뭐라고 하던가요?

“그건 저도 모르겠어요. 처음에 모르는 번호로 전화가 걸려왔어요. 요즘 하도 성가신 전화가 많아서 안 받았거든요. 그다음에 메시지가 날아온 겁니다.

–잠깐 기다려 보세요. 제가 알아보고 전화드리겠습니다.

“그래주시겠어요? 괜히 번거롭게 해드려 죄송합니다.”

–무슨 말씀을요. 그럼 일단 끊겠습니다.

커피 한 잔을 다 마시도록 명석의 전화는 오지 않았다.

무슨 얘기로 대화가 길어지고 있는 걸까.

괜히 기분이 뒤숭숭해진 재건은 수희가 보는 게임 잡지를 훑으면서 연락을 기다렸다.

이윽고 다시 명석으로부터 연락이 온 건 거의 30분이 지나서였다.

“네, 편집장님.”

–늦어서 죄송합니다. 대사관이랑 통화한 뒤에 틴센트 픽처스 쪽과도 연락하고, 다시 문화부 차관보와도 통화하느라 시간이 조금 걸렸습니다. 차관보는 전에 시상식장에서 한번 보셨죠?

재건이 손에서 잡지를 놓고 두 눈을 동그랗게 떴다.

“중국 틴센트 픽처스요? 그리고 문화부 차관보님은 왜요?”

–중국 정부로부터 공식적으로 요청이 왔답니다. 한중 문

화 교류에 대해서 논의하는 자리를 가졌으면 좋겠다고요. 하 선생님의 허락이 떨어지면 공문을 발송하겠답니다.

"한중 문화 교류 논의라니, 저는 감이 안 잡히는데요."

—어렵게 생각하실 거 없습니다. 질풍노도 때문이죠.

전파 저편에서 명석이 거침없이 설명을 이었다.

—한국에서도 그렇지만 중국에서는 그야말로 엄청나게 흥행하고 있어요. 하 선생님은 실감이 잘 안 나실지 모르겠지만 질풍노도란 영화 하나로 중국이 발칵 뒤집혔다고 해도 과언이 아니거든요.

"그래서, 질풍노도에 관해서 무슨 얘기를……?"

—질풍노도라는 콘텐츠를 두고 주요 스토리나 제작 과정에 대해 논의하자는 거죠. 어디까지나 표면적인 이유고 다른 목적이 있을 겁니다. 류바우 중국 중앙 선전부장까지 방한하겠다는 걸 보면 하 선생님께 뭔가 원하는 게 있는 겁니다.

물 흐르듯 설명을 이어가는 명석의 목소리는 꽤 들떠 있었다.

흥분하는 것도 사실 무리는 아니었다.

중앙 선전부장은 중국 문화부를 감독하는 국가 부총리급의 인사다. 국가 차원의 전략적 사업인 대외 선전 업무를 맡는 고위직이다. 이토록 대단한 사람이 재건의 가치를 알아보고 먼저 손을 뻗었다는 사실이 명석은 기쁘고 뿌듯한 것이다.

"으음, 네……."

정작 대꾸하는 재건은 솔직히 아리송한 심정이었다.

중국 쪽에 대해 해박한 지식을 보유한 명석과 달리 그는 중앙 선전부장이라는 직책이 뭔지도 모르고 있었다. 당연히 전혀 감이 오질 않았다.

명석이 말을 계속했다.

–하 선생님의 오케이 사인이 떨어지면 정식으로 대표단을 꾸리겠다고 합니다. 오늘 중으로 문화관광부 담당자와 질풍노도 제작진, 그리고 저에게도 연락을 할 예정이었다고 하더군요.

"오늘 중으로요?"

걷잡을 수 없이 대화의 진행이 빠르다.

재건은 수화기를 귀와 어깨에 낀 채 손에 펜을 잡았다. 그리고 두서없이 명석의 말을 메모하기 시작했다. 메모라도 하지 않으면 전화를 끊자마자 대화한 내용을 죄다 잊어버릴 것 같아서.

–하 선생님께 가장 먼저 연락을 드렸던 건 이렇게 만들어질 자리의 주체가 되실 분이기 때문에 예의를 갖춘 거라는 말도 있었습니다.

"아아, 네. 저는 그런 건지 몰랐습니다. 그럼 저도 예의상 전화를 넣어두는 편이 좋을까요?"

–그러실 필요는 없으시고요. 나머지는 제가 알아서 준비

하겠습니다. 그런데, 지금 이렇게 말씀하신다는 건 오케이 사인이라고 받아들여도 되는 겁니까?

“그게, 일단 편집장님 견해는 어떠신지 듣고 싶습니다.”

–당연히 좋은 자리라고 생각합니다.

명석이 뜸을 들이지 않고 즉답했다.

–하 선생님도 틴센트 쪽 사람들 만나시면서 중국인들 비즈니스 스타일 많이 느끼셨을 겁니다. 하 선생님 작품들이 중국에서 더욱 단단히 뿌리박기 위해서라도 이 제안은 반갑게 받아들이시는 편이 좋을 것 같습니다.

“알겠습니다, 편집장님. 그럼 부탁드릴게요.”

재건도 오래 고민하지 않고 결정을 내렸다.

지금껏 명석의 판단이 해롭게 작용한 적은 한 번도 없었다. 이번에도 거리낌 없이 그를 믿기로 했다.

“그런데 편집장님, 아까 말씀하셨잖아요. 그 중앙 선전부장이라는 분이 저에게 뭔가 원하는 것이 있을 거라고요. 대체 그게 뭘까요?”

–조심스레 추측하는 바는 있지만 제 입장에서는 일단 말을 아끼고 싶습니다. 제게 듣지 마시고 자리가 마련될 때까지 기다려 보시는 게 어떨까요?

“알겠습니다, 그렇게까지 말씀하시니 가만히 기다리고 있겠습니다.”

—하하하, 네. 그럼 다시 연락드리겠습니다, 선생님.

밝은 웃음소리 끝으로 전화가 끊겼다.

핸드폰을 내려놓은 재건은 일어서지 못하고 멀거니 상념에 잠겼다.

보다 큰 세상으로 한 걸음 내딛는 느낌이 들 때마다 옛날 생각이 나곤 한다. 지금 이 순간에도 그 감각은 여지없이 찾아왔다.

"널 처음 만났을 때만 해도 내가 중국 대사관 같은 곳의 전화를 받게 될 날이 오게 되리라고는 상상도 못 했는데……."

재건이 리카를 무릎에 앉히고 쓰다듬으며 말했다.

만난 지 햇수로 3년째가 된 동반자는 오늘도 사랑스러운 두 눈으로 재건을 올려다보고 있었다.

"리카, 원룸에서 둘이 살던 시절 기억나? 그때 처음으로 에어컨 사서 설치했던 날, 내가 너한테 이게 뭔지 아냐면서 자랑했었잖아. 그때 정말 세상을 다 가진 것처럼 행복했는데. 그리고 자랑할 수 있는 네가 있어서 너무 좋았고."

"야옹?"

드르륵!

모르는 번호로 또 전화가 걸려왔다.

감상에서 깨어난 재건은 핸드폰으로 손을 뻗었다. 조금 전 중국 대사관의 일도 있었기에 이번에는 전화를 받았다.

"네, 여보세요?"

–아이고, 하재건 선생님. 안녕하십니까? 저 구청 총무과 공무원 백경재라고 합니다. 지역구 발전을 도모하기 위한 문학의 밤 행사에 관해 저희 구청장님께서 하 선생님과 더불어 논의를…….

"죄송하지만 제가 들을 이야기가 아닌 것 같습니다."

재건이 얼굴을 찌푸리며 말을 잘랐다. 어떻게 통화할 때 말하는 방식마저 하나같이 이렇게 천편일률적으로 똑같을까.

"전에도 거절하겠다는 의사를 분명히 했습니다. 저는 문학의 밤 행사 안 하겠습니다."

–하재건 선생님, 그러니까 이건 구청장님께서 하 선생님을 모시고 지역구 발전을 위해…….

"죄송하지만 일이 바빠서 끊겠습니다."

–자, 잠시만요! 하 선생님!

재건은 미련 없이 전화를 끊고 일어섰다.

대선배에게 인사를 드릴 겸 집을 나서는 그의 뒤를 리카와 눈솔이 따라붙고 있었다.

BIG LIFE

"여기 맛있는데요, 이사님?"

“그럼요, 제가 괜히 재인 씨 동창회 때 이곳으로 예약해 드렸던 게 아닙니다.”

연희동의 중국식 레스토랑 목련.

재인이 동창회를 열었던 이곳에서 오늘은 재건과 규호가 저녁을 즐기고 있었다. 만남의 표면적인 이유는 제작 발표 공개를 목전에 둔 온라인 게임 ‘더 브레스’였다.

“당장 내일이라도 제작 발표회를 열 수 있을 정도로 준비는 끝냈습니다. 다만 타 게임사와 일정이 겹치면 단발성 이슈로 묻힐 위험이 있어서요. 이번 달 지나고 프라자 호텔에서 개최할 작정입니다. 다만 뉴스는 오늘 자정 전에 나갈 겁니다.”

“네, 알겠습니다.”

주문한 동파육 한 접시가 나왔다.

재건 쪽으로 접시를 밀어주며 규호가 말을 이었다.

“하 선생님도 시간이 되시면 좀 와주셨으면 좋겠습니다. 세계관이나 스토리에 대한 질문이 꽤나 나올 텐데 역시 이런 부분에 대해서는 원작자의 답변이 가장 힘을 발휘하지요.”

“알겠습니다, 영화를 보자 녹화랑 일정만 안 겹친다면 문제없을 겁니다. 요즘처럼 한가한 때도 없거든요.”

재건이 어렵지 않게 수락했다.

‘더 브레스’에 관한 이런저런 대화가 한동안 이어졌다. 술

잔을 나누면서 자연스레 화제가 재건의 다른 일정 쪽으로 전환되었다.

"저한테도 주한 중국 대사관에서 연락이 왔습니다."

"남 이사님도요?"

"넥션도 하 선생님과 업무적으로 연관이 있으니까요. 틴센트에 이어 저까지 부르는 걸 보면 질풍노도 한정이 아니라 뭔가 대대적으로 빅 픽쳐를 그리려는 것 같은데요."

"다음 주에 만나보면 알게 되겠지요. 그럼 그 자리에서 남 이사님도 뵙게 되는 건가요?"

"아직 확정된 건 아니지만 아마 그렇게 될 것 같습니다."

또 한잔의 술이 두 사람의 잔을 가득 채웠다.

잠시 대화가 끊기고 정적이 일었다.

재건이 그 틈을 타서 넌지시 말을 건넸다.

"연습은 좀 하셨습니까?"

"연습이요?"

"스트리트 파이터요. 그날 바로 회사 휴게실에 기계 들여놓으셨다고 말씀하셨잖아요."

"아, 네."

규호가 괜히 흐트러지지도 않은 넥타이를 고치며 고개를 끄덕였다.

"조금 하다 보니 감은 금방 잡혔습니다. 중학교 시절 감각

금세 찾겠던데요. 제가 그래도 명색이 게임 개발자인데요. 솔직히 그날은 제가 술도 좀 덜 깼고 긴장한 것도 있었습니다."

자존심 강한 규호는 진지하기 짝이 없는 표정으로 말하고 있었다.

재건은 터지려는 웃음을 가까스로 참고 그에 맞춰 대답했다.

"얼마나 강해지셨을지 기대됩니다. 대전하시고 싶으실 땐 언제든지 말씀해 주세요."

"그럼 오늘 당장 2차 술값 걸고 한번 해보시겠습니까?"

"좋지요, 들어온 도전은 피하지 않겠습니다."

드르륵!

규호가 양해를 구하고 핸드폰을 집었다. 메시지를 확인한 그의 입가에 주체할 수 없는 웃음이 만연해졌다.

재건은 단박에 자기 누나의 연락임을 알아챘다.

"누나 드레스 사진 봤는데 참 예쁘던데요."

"아, 네…… 그게 참…… 그렇죠?"

규호가 허둥지둥 뒷머리를 긁적이며 대꾸했다.

"드레스 고르는 것만 해도 보통 피곤한 일이 아닙니다. 도대체가 안 어울리는 게 없어요. 그래서 말인데 하 작가님께도 부탁 좀 드리고 싶습니다. 재인 씨 드레스 좀 골라주시면 안 되겠습니까?"

재건이 시선을 내리깐 채 살며시 웃었다. 그러던 중 문득

한 가지 생각이 떠오른 그는 고개를 들었다.

"그전에 제가 먼저 부탁드릴 것이 있습니다."

"무슨 부탁이요?"

"들어주실 거죠?"

"말씀만 하세요. 저 남규호입니다. 모르세요?"

규호가 어깨를 펴고 제 가슴을 한 차례 두드려 보였다. 재건은 술병을 들고 그의 잔에 따라 주며 말을 이었다.

"호칭 바꿔주세요. 이제 절 편하게 불러주시면 좋겠습니다."

"호칭…… 이요?"

"저희 누나랑 결혼하시잖습니까. 지금도 수시로 어쩔 땐 하 작가님, 어쩔 땐 하 선생님 하시는데, 호칭이 정리가 안 돼서 남 이사님께서 제게 편안히 말씀을 못 하시는 부분이 있는 것 같아요."

"아아, 음……. 어…… 그러니까……."

뻔히 답을 알면서도 규호는 말끝을 흐리며 머뭇거리고 있었다. 재건이 잔을 내밀고 건배를 청하며 덧붙였다.

"처남이라고 불러주세요."

"아……."

"저도 남 이사님을 매형이라고 부르고 싶습니다."

재건의 말을 듣는 순간, 규호의 가슴 한구석이 세차게 꿈틀거렸다. 벅차오르는 감정으로 호흡이 가빠지고 목젖이 간

질거려 왔다. 말을 하려고 살짝 벌어진 입술이 바들바들 떨리고 있었다.

"네? 매형."

보다 못한 재건이 추가타를 날렸다.

규호는 흠칫 떨며 자신의 술잔을 들어 앞으로 내밀었다.

"아, 알겠습니다. 근데 다음부터……."

"오늘 얘기가 나왔으니 오늘부터 그렇게 불러주세요."

"아, 네…… 그럼 뭐, 그렇게…… 네, 처남님."

"처남님이 뭐예요. 말씀도 놓으시고요."

"일단 저 술 좀……."

규호가 독한 술을 단숨에 들이마셨다.

곧이어 벌게진 얼굴로 덥다면서 넥타이까지 풀었다. 재건은 웃음을 참기 위해 한계까지 어금니를 악물어야만 했다. 매형의 자존심을 지켜주기 위해서라도.

BIG LIFE

"나연 언니야, 나 왔어!"

현관문을 열자마자 예슬이 활기차게 소리쳤다.

둘이 살기엔 과분하게 널찍한 30평형대 아파트의 풍경이 눈앞에 나타났다.

영화 '질풍노도'의 성공 후 새로이 옮긴 예슬과 나연의 거처였다.

"인기 배우, 어서 와."

"뭐야, 언니? 또 청소하고 있어?"

예슬이 즉시 이맛살을 찌푸리며 거실로 올라섰다.

나연이 무릎을 꿇은 채로 온 바닥에 걸레질을 하고 있었던 것이다.

"만날 청소하지 말라고 했잖아. 내가 한다니까?"

"바쁜 영화배우가 청소할 틈이 어딨니? 이런 건 기생충처럼 빌붙어먹는 내가 할 일이지."

나연이 농담조로 웃으며 대꾸했다.

하지만 예슬은 웃을 수 없었다.

나연의 손에서 물걸레를 매몰차게 낚아채며 화난 어조로 말했다.

"내가 그런 식으로 말하지 말라고 했지? 언니가 나한테 얼마나 큰 도움을 줬는데? 나 어려울 때 돌봐주고, 먹여주고, 재워주고, 연기 지도까지 해준 사람이 누구야?"

"또 농담 한마디에 정색하긴. 알았어, 얘. 마저 하게 걸레 이리 줘."

"됐어, 나머진 내가 닦을게. 이따 들어올 때 청소기부터 사와야지, 안 그러면 우리 언니야 집에만 있어도 골병들겠어."

"이리 달라니까."

두 여자가 힘을 합치자 청소는 금세 끝났다.

소파에 나란히 앉아 커피를 마시면서 예슬이 말을 꺼냈다.

"언니 이제 슬슬 복귀해야지."

"복귀는 무슨……."

나연이 씁쓸히 웃으며 말끝을 흐렸다.

영화 '바다가 있었다' 개봉 후, 유흥 업소에서 일했던 과거가 드러나면서 정신적인 충격을 감당하지 못하고 연예계를 떠났다. 그리고 지금까지 예슬의 집에서 두문불출하며 지내오고 있었다.

"아직도 무서운 거야?"

"그런 것도 있지만…… 그냥 나란 사람 마음이 너무 약한 것 같아서. 애초에 나하고는 잘 안 어울리는 세상 같기도 하고. 근데……."

"근데 뭐?"

나연이 시선을 내리깐 채 조심스레 입을 열었다.

"연극은 한번 해보고 싶긴 해."

"연극?"

"연기하는 거 자체는 너무 좋으니까. 돈 같은 건 상관없이 그냥 연기를 좀 해보고 싶은 마음은 있어."

예슬이 두 눈을 반짝이며 나연의 손을 맞잡았다.

"난 대찬성이야, 언니."

"그래……?"

"응! 언니가 다시 세상으로 나가겠다는 거잖아! 난 너무 좋아, 필요한 거 있으면 나한테 다 말해! 알았지?"

자기 일처럼 기뻐하는 예슬 앞에서 나연은 또 코끝이 찡해졌다.

힘들 때 언제나 곁에 있어준 소중한 동생이다. 예슬이 없었다면 벌써 이 세상 사람이 아니었을지도 몰랐다.

"너는 괜찮아?"

"난 괜찮아."

예슬은 질문의 요지를 바로 알아듣고 싱긋 웃었다.

"노래방 도우미 했다는 그런 루머 아무리 퍼져 봤자 나한텐 대미지 없어. 난 뻔뻔하게 나갈 거야. 당당하게 대응하면 그 정도 루머는 금세 잦아들 거고."

"멋있어, 홍예슬."

드르륵!

"잠깐만, 언니야. 전화 좀 받을게."

예슬이 부랴부랴 가방을 놓아둔 곳으로 달려갔다.

핸드폰을 꺼내 든 그녀의 얼굴이 금세 미소로 환해졌다.

"응, 오빠!"

–깜짝이야, 귀청 떨어지는 줄 알았다. 목소리가 왜 이렇

게 커?

“우리 매니저 오빠 전화가 요즘 최고로 반가우니까. 또 일이 생겼다는 거잖아. 나 또 일하러 가야 한다는 뜻이잖아.”

–하여간 일 욕심은 알아줘야 돼. 그러다가 쓰러질까 봐 걱정된다, 홍예슬. 집이야?

“응응, 나연 언니랑 커피 마시고 있었어. 오빠는?”

–이제 거의 다 도착했어. 5분쯤 이따가 내려와. 관광공사 가기 전에 인터뷰랑 팬 사인회 후딱 끝내야지.

“알았어, 좀 따 봐!”

예슬이 싱글거리며 전화를 끊었다.

일주일 내내 밤을 새워도 전혀 피곤하지 않은 나날이다. 1초라도 더 많이 방송에 나가기 위한 그녀의 분투는 오늘도 멈추지 않았다. 손꼽아 기다리는 재회의 그날까지 쉬지 않고 달릴 각오였다.

“너무 무리하지 마, 예슬아.”

개수대로 잔을 가져가며 나연이 말했다.

“네가 왜 그러는지 모르는 건 아니지만 그래도 걱정돼.”

“비타민 꼬박꼬박 챙겨 먹고 있잖아. 밥도 잘 먹고.”

“그래, 무슨 말을 해도 네가 듣겠니. 젊음이 좋다.”

“누가 보면 언니야가 엄청 늙은 줄 알겠네. 나가봐야 돼서 점심은 같이 못 먹겠다. 미안해.”

"시간 날 때마다 이렇게 얼굴이라도 비춰주러 오니 고맙지. 저녁엔 들어올 거지?"

"응응, 언니야 안 자면 야식 맛있는 거 먹자!"

예슬이 가방을 챙겨 다시 집을 나섰다.

엘리베이터를 타고 지하 주차장에 도착하니 매니저는 이미 와서 기다리고 있었다.

예슬은 시동이 꺼지지 않은 차의 뒷좌석에 날쌔게 몸을 실었다.

"저기, 예슬아."

"응, 오빠."

"요즘 퍼지는 루머 말인데."

매니저가 조심스럽게 말을 꺼냈다.

순간 예슬의 얼굴은 웃는 그대로 굳어들었다.

"질풍노도 흥행하면서 점점 심해지고 있어. 물론 이대로 놔둬도 딱히 문제가 커질 것 같진 않아. 하지만 실장님이랑 대표님은 걱정하셔."

"응……."

예슬이 모기처럼 작은 목소리로 대꾸했다.

잠시 노래방 도우미를 했던 과거에 대해서는 회사에도 말하지 않았다.

그래서 루머가 퍼지기 시작한 이후 얼마간은 초조했던 것도 사실이었다.

"진위 여부는 중요한 게 아냐."

매니저가 천천히 차를 주차장 바깥으로 몰며 말을 이었다.

"전에 실장님도 말씀하셨지만 네가 무슨 일을 했건 그건 회사와 계약하기 전의 일이야. 그러니까 부담스러워하지 말고 뭐든 힘든 일 있으면 편안하게 상의해. 나는 당연히 네 편이니까."

"그렇게 말해줘서 고맙다, 오빠야."

매니저가 싱긋 웃으며 백미러로 시선을 옮겼다. 거울 속으로 비치는 예슬의 얼굴도 씁쓸하게나마 미소를 띠고 있었다.

"그래서 현실적인 얘기를 좀 하자."

"현실적인 얘기?"

"너, 어머니 찾고 싶어서 배우가 된 거라고 말했었지?"

"아……."

"진심이 아니었어?"

"아, 아니. 진심이야. 갑자기 그 얘기가 나오니까 조금 놀래서."

어느새 진중한 표정으로 돌아온 매니저는 고개를 끄덕이며 말을 이었다.

"오늘 그거 얘기하자. 팬 사인회 끝나고 인터뷰할 때."

"내가 우리 엄마 찾으려고 배우 됐다는 얘기?"

그렇게 되묻는 사이에 예슬은 매니저의 의도를 알아차렸다. 인간미 느껴지는 화제를 만들어 노래방 도우미 루머를 묻어보자는 뜻이리라.

"안 그래도 그 얘기 방송에서 하고 싶어 했었잖아."

"응, 맞아……."

엄마를 찾고 싶은 간절한 마음을 이런 상황에 이용하듯 밝히게 되다니.

딱히 달라질 건 없겠지만 어쨌든 입맛이 쓴 예슬이었다.

"다른 생각하지 말고 물 들어올 때 노 팍 저어야 된다. 지금 완전 네 세상 시작되려고 하고 있어. 으리으리한 건물 한 채 서울에 마련할 때까진 정신 바짝 차려야 돼."

"알았어, 오빠. 무슨 말하는지 알아."

이윽고 차가 목적지에 도착했다.

'질풍노도'가 상영되고 있는 한 대형 극장의 홀이었다. 수많은 팬으로 대성황을 이루고 있는 현장 자체가 드높아진 예슬의 인기를 대변하고 있었다.

'으음? 왜 이렇게 머리 한쪽이 간지럽지?'

한창 사인을 해주던 도중, 예슬은 문득 누군가의 시선을 느끼고 고개를 들었다. 시야 속에 들어온 모두가 자신만을 바라보고 있는 듯했다.

'이상하다…….'

예슬은 고개를 한 번 갸웃거리는 것으로 방금 느꼈던 기묘한 감각을 떨쳐 냈다.

그 바람에 초췌한 기색의 한 여자가 힘없이 돌아서서 떠나가는 모습은 전혀 보지 못했다.

117장
상상이나 했겠는가

"어쩜 하나도 안 늘었네, 이게 계란말이야?"

"야, 숟가락 내놔. 불만 있으면 먹지 마."

도준이 숟가락을 빼앗으려 팔을 뻗었다.

채린은 한발 앞서 뒤로 몸을 빼고는 혀를 쏙 내밀어 보였다.

"진짜, 계란말이 모양 좀 봐. 다 부서져 가지고. 사진 찍어서 트위터에 올려 버리고 싶네."

"그럼 올리든가."

도준이 부서진 계란말이 한쪽을 입에 넣고는 심드렁하게 대꾸했다.

"C.Y로 뜨고 나니까 공개 연애 하자던 말 싹 들어간 거

봐라.”

“그것 때문 아니라니까? 홍예슬이랑 키스한 거 때문에 화나서 당장 밝히기 싫다는 것뿐이지.”

“누가 들으면 진짠 줄 알겠네. 영화에서 연기한 거 가지고 매번 이럴래?”

“장난친 거야. 난 상관없어. 오빠가 방송 나가서 말하든가.”

채린이 도준의 입가에 묻은 소스를 닦아주고는 해맑게 웃었다. 사랑스러운 그 얼굴을 보니 도준도 무심코 웃음이 나올 뻔했다.

“지금 웃으려고 했지?”

“아닌데.”

“거짓말.”

채린이 두 눈을 흘겼다.

양 손바닥을 허벅지 밑으로 깔고 앉아 애교를 부리듯 좌우로 몸을 흔들며 그녀는 물었다.

“내가 너무 귀여워서 저절로 웃음이 막 나오지? 응? 보기만 해도 아직도 가슴 떨리고 그러지?”

“체하겠다. 그만해라.”

“어떻게 하루 이틀 사귄 것도 아닌데 박도준은 이렇게 변한 게 없니? 참 한결같아서 좋으시겠어요.”

드르륵!

"아씨, 놀래라."

테이블 위의 핸드폰이 진동하는 순간 도준이 몸을 흠칫 떨었다.

비로소 채린은 의아한 느낌이 들었다. 무신경한 도준이 고작 핸드폰 진동에 이토록 놀라는 모습은 지금껏 본 적이 없었다.

"어, 태봉이 형. 지금 채린이랑 간단하게 밥 먹고 있어. 알아, 많이 안 먹을 거야. 어, 이따 봐."

전화를 끊은 도준이 한숨을 내쉬며 일어섰다. 반도 먹지 못한 밥그릇을 개수대로 옮기는 그의 뒤에 대고 채린이 말했다.

"이제 알았다, 오빠. 오늘 일정 때문에 긴장했구나."

"긴장은 무슨……."

입으로는 부정했지만 채린의 추측은 사실이었다. 쟁쟁한 인사들이 대거 참석할 자리이다 보니 긴장을 억누를 수가 없었다. 뭔가 실수라도 하게 될까 봐 겁이 덜컥덜컥 나는 것이다.

"아, 껴안지 마. 더워."

"오빠 잘할 거야. 톱스타잖아."

두 손으로 도준의 목을 감싸고 매달리며 채린이 말했다.

"질풍노도 제작진뿐만이 아니라 오빠까지 부른 걸 보면 분명 좋은 애기 나올 거야. 오빠를 위한 자리라고 생각해."

"미안하지만 오늘 회동의 주인공은 하재건이야. 나는 들러리 서는 입장이고. 입 다물고 자리나 지키다 오는 거지."

"그 말 너무 듣기 싫다. 천하의 박도준 입에서 나온 대사 맞아?"

"가서 양치하고 얼른 잠이나 자. 너 지금부터 자도 공개 방송까지 두 시간도 못 자."

두 사람은 함께 설거지를 하고 나란히 서서 양치질을 끝냈다. 도준이 겉옷을 입는 사이에 채린은 소파에 드러누워 핸드폰으로 인터넷에 접속했다.

"안 잘 거야?"

"수도감성 아직도 1위인지 확인만 하고 잘 거야."

"1위 할 것도 네가 하도 봐서 떨어지겠다. 나간다."

"어머, 오빠!"

별안간 채린이 사색이 되어 벌떡 몸을 일으켰다. 신발을 신는 도준은 돌아보지도 않았다. 워낙 별것 아닌 일에도 곧잘 호들갑을 떠는 채린이라는 것을 알기에.

"난리 났다, 진짜……!"

"왜? 10위권 밖으로 떨어졌어?"

"농담하는 거 아냐. 이것 좀 봐."

"……?!"

채린이 내민 핸드폰을 본 도준도 할 말을 잃었다. 그새 잠잠해서 잊어버리고 있었던 한 여자에 관한 속보였다.

[단독 1보, 연예인 채보라 공갈 미수 혐의로 입건]

“이게 어떻게 된 일일까? 응?”

도준이 핸드폰을 빼앗아 인터넷을 종료시켰다.

그리고 잠시 후.

도준은 여전히 얼떨떨하게 서 있는 채린을 품 안에 끌어안았다.

“오, 오빠? 캐릭터 안 어울리게 갑자기 왜 포옹?”

“가만있어 봐.”

보라라는 인간 따위 어떻게 되든 알 바 아니었다.

다만 그녀를 통해 도준은 새삼스레 소중한 사람들의 존재를 곱씹을 수 있었던 것이다.

“음, 우리 오빠 남자 냄새 좋아.”

“……시끄러.”

얼굴만큼 마음 예쁜 채린을 만날 수 있어서 다행이었다.

나아가 친형과도 같은 매니저 태봉, 모든 속내를 토로할 수 있는 벗 재건의 얼굴이 도준의 눈앞을 스쳐 갔다.

이토록 좋은 사람들이 곁을 지켜주고 있다는 사실은 축복

이었다. 오늘의 자신을 있게 만들어준 운명과 사람들에게 감사하면서 도준은 더욱 세게 채린을 끌어안았다.

BIG LIFE

‘와, 이거 우황청심액이라도 먹고 올걸.’

주간경향 소속 기자 성범은 거의 제정신이 아니었다. 기자답지 못하다고 매번 핀잔하는 선배의 말이 오늘처럼 가슴에 와닿을 때도 없었다.

서울에 자리한 한국 관광공사 센터였다.

한중 문화 콘텐츠 교류에 관한 논의를 목적으로 만들어진 자리다. 성범은 재건과의 인맥 덕분에 몇 없는 티켓 중 하나를 쥐고 취재기자로서 이곳에 올 수 있었다.

‘진짜 하 선생님이 뜨긴 떴구나……!’

성범이 감탄을 금하지 못하는 것도 무리는 아니었다.

미팅이 이뤄지는 회의실 내부에는 참석하기로 한 전원이 모여 있었다. 모두가 기립한 가운데 재건은 웃으며 악수를 나누고 있었다.

“이렇게 영광스런 자리 만들어주셔서 정말 감사드립니다.”

재건과 손을 맞잡은 사람은 류바우 중앙 선전부장이었다. 그를 필두로 틴센트 문학 대표 런쉐, 틴센트 픽처스 대표 마오옌, 그리고 '질풍노도'에 출연한 톱스타 양잉 등등이 중국 측의 자리를 채우고 있었다.

"런쉐 대표님과 마오옌 대표님까지 이렇게 다시 뵙게 되니 무척 기쁩니다. 그리고 양잉 씨도 너무 아름다우십니다."

재건의 인사말을 통역사가 즉시 전달했다.

통역을 들은 중국 측 모두의 입가에 환한 미소가 떠올랐다. 마오옌은 재건을 향해 윙크까지 건네는 친근함을 보였다.

재건의 뒤를 이어 한국 측 참여자들과도 차례차례 악수를 나눴다. 문화체육관광부 차관보, 감독 태성, 도준과 예슬까지 모두가 인사를 교환한 다음 비로소 논의가 시작되었다.

"오늘 정오를 기해서 질풍노도 중국 누적 관객 수가 7,000만 명을 넘어섰다고 하십니다."

통역사의 입을 거쳐 류바우의 말이 전달되었다.

"이 기세로만 멈추지 않고 흥행이 지속된다면 1억 명 돌파도 충분히 점쳐 볼 수 있을 거라는 말씀이십니다. 좋은 작품으로 중국 시장을 찾아와 주셔서 하재건 선생님께 정말 감사하다고 하십니다."

"아니, 아닙니다."

재건이 곤혹스런 표정으로 묵례하며 말을 받았다.

"이건 저만의 힘이 아닙니다. 여기 계신 윤 감독님께서 영화를 워낙 잘 만들어주셨어요. 그리고 배우들의 힘도 컸고요.

또 중국 대표단으로서 오늘 와주신 틴센트 픽처스 마오옌 대표님의 현지 전략도 무척 큰 힘을 발휘했다고 생각합니다.”

재건은 겸손을 떠느라 이렇게 말한 것이 아니었다. 진심으로 혼자만의 힘이 아니라는 것을 잘 알기에 넙죽 칭찬을 듣고 가만있을 수가 없었다.

류바우는 흡족한 미소로 재건을 지그시 바라보았다.

아버지와 비슷한 연배의 그를 보며 재건도 머쓱하게 웃었다. 온화한 표정이 보기만 해도 편안해서 좋은 사람이라는 걸 짐작게 했다.

부드러운 분위기 속에서 즐거운 토론이 이어졌다.

‘질풍노도’의 줄거리와 영화 제작 과정, 그리고 원작을 쓸 때 중점적으로 고민했던 요소 등등 다양한 주제가 테이블 위를 오갔다.

시간이 지나면서 대화의 주체는 류바우와 재건 두 사람으로 좁혀졌다.

류바우의 질문 대부분이 작가로서의 재건을 겨냥하기 시작한 까닭이었다. 재건은 통역사와 류바우를 번갈아 보며 소신껏 대답을 이어갔다.

‘대단하시네……!’

대화가 지속되면서 재건은 속으로 혀를 내둘렀다.

류바우가 ‘질풍노도’에 관해 늘어놓는 상세한 소감이 그를 놀라게 했다. 영화를 여러 번 봤음은 물론이고 원작 소설까지 너덜너덜하게 봤다는 너스레가 허언이 아닌 듯했다.

놀란 사람은 재건만이 아니었다.

전문 평론가처럼 알찬 견해를 술술 늘어놓는 류바우 앞에서 나머지 한국 측 사람들도 감탄을 금치 못했다.

덕분에 문화부 차관보는 이 자리에 나오기 전 공부를 충분히 하지 못했다는 자책으로 진땀마저 흘릴 지경이었다.

"……그만큼 하재건 선생님께 관심이 참 많다고 하십니다. 류바우 중앙 선전부장께서는 하 선생님께서 쓰신 원작 소설이 가장 핵심적인 콘텐츠이며, 나아가 최우선적인 가치를 지니고 있다고 하십니다."

"민망해서 고개를 제대로 못 들겠습니다. 정말 감사합니다."

"한국과 중국 양국이 지속적으로 양질의 문화 교류를 하면서 질풍노도처럼 좋은 작품이 계속 나왔으면 좋겠다는 바람이었다고 하십니다. 그래서 이번에 하 선생님을 뵙게 되어 무척 기쁘다고 하십니다."

거기까지 말하고 난 통역사에게 류바우가 추가적으로 몇 마디 덧붙였다.

고개를 끄덕인 통역사가 뒤쪽에 대기하고 선 직원에게 손짓을 보냈다.

곧이어 한 뭉치의 A4 문서가 류바우에게로 배달되었다.

"옛날사람이라 종이로 읽는 것이 편하니 양해를 바란다고 하십니다. 정당하게 구입하고 출력한 것이니 너그러이 이해해 주시면 감사하겠다고 하십니다."

"그게 무슨 말씀이신지……?"

재건이 의미를 알아듣지 못하고 아리송하게 되물었다.

류바우가 싱긋 웃으며 A4 문서 다발을 정중히 내밀었다.

문서를 받아 든 재건은 더욱 혼란에 빠졌다. 중국어로 빼곡하게 들어찬 내용 중 단 한 줄도 읽어낼 능력이 없었다.

"이게 뭔지 알 수 있을까요?"

"무림지존록입니다."

"……네?"

재건은 어안이 벙벙해져 고개를 쳐들었다. 자기가 쓴 소설을 알아보지 못한 무안함은 나중 문제였다.

중국 대표단을 만난 이 자리에서 '무림지존록'이 등장하게 될 줄 무슨 수로 상상이나 했겠는가.

"아아, 무림지존록이요……."

중얼거리는 재건은 꿈을 꾸는 듯한 표정이었다.

설명을 듣고 나니 중국어가 한눈에 들어오는 느낌이었다.

무수한 글자들이 시야 속에서 즉석으로 번역되고 있었다. 여러 날의 밤을 홀로 지새우며 썼던 글이다. 오랜 시간이 지났다고 한들 잊어버릴 턱이 없었다.

"놀랐습니다. 여기서 갑자기……."

재건은 목이 메어 말하던 도중 침을 한 번 삼켰다.

"무림지존록 얘기가 나올 거라고는 생각도 못 했습니다. 정말 깜짝 놀랐습니다. 하하하……."

통역사가 웃으며 류바우의 말을 이어서 전했다.

"중앙 선전부장께서 무협 소설을 무척 좋아하십니다. 중국인 중에서도 특히 유별나게 좋아한다고 자부하실 정도랍니다. 김용 작가의 작품은 하나도 빼놓지 않고 모두 섭렵했고, 지금도 휴식할 때마다 무협 소설을 찾으신답니다."

"그러셨군요……."

뒤이어 류바우가 웃음을 지우고는 진지해진 표정으로 말을 이어갔다.

목에 핏대를 울리면서 양손으로는 허공을 내젓기까지 했다. 자못 흥분해서 열성적으로 토해낸 그의 말을 통역사가 다시금 전달했다.

"무협은 어른들이 읽는 즐거운 동화입니다. 기구한 사연을 가진 다양한 인물이 강호라는 세계 안에서 맞부딪치고, 서로 뒤엉키면서 팍팍한 현실에 찌든 독자들을 무아의 경지로 끌어들입니다. 좋은 무협 소설은 여운이 남습니다. 낭만과 의리, 그리고 의협심이 있기 때문입니다."

"네, 저도 그렇게 생각합니다."

류바우가 불쑥 손을 뻗었다.

재건이 쥐고 있던 '무림지존록' 문서 다발을 끌어당기며 그는 말을 이었다.

"질풍노도로 하 선생님을 알게 된 후 무림지존록을 접하게 됐습니다. 그리고 순식간에 빠져들었습니다. 구구절절 부연 설명이 없으면서 이야기 진행은 빠르고 명확합니다. 심지어 무협이란 소재에 익숙하지 않은 독자들이 접하기에도 무리가 없어요. 이건 정말 놀라운 필력입니다."

재건은 무심코 어금니를 꽉 깨물었다. 자칫하면 폭발하는 감정을 제어하지 못할 것 같았기 때문이다.

무협의 발원지인 중국인으로부터, 그것도 대외 선전부장이라는 고위 인사로부터 무협 소설로 극찬을 받고 있다.

마음속에서 느껴지는 감동을 이루 형용할 수가 없었다.

심지어 '무림지존록'이다.

내일이 보이지 않던 암담한 시기에 썼던 글이다.

처음으로 풍천유라는 필명을 세상에 알린 글이기도 했다. 이 작품을 통해 만년 무명작가는 무려 증쇄라는 놀라운 경험마저 할 수 있었다.

'선배님……. 지금 보시고 계신 거죠?'

재건이 속으로 대선배의 얼굴을 떠올리며 물었다.

'무림지존록'도 집필 초기에는 좋은 평가를 받지 못했다.

태원으로부터도 좋은 성적을 기대하기는 어렵겠다는 말뿐이었다. 뼈아픈 동창회에서 이탈하여 정진과 술을 마시고 있었던 그날, 재건은 많이 울었다.

하지만 집으로 돌아가던 그날 밤.

우연히 대선배를 만나고 나서 상황이 완전히 달라졌다.

끊임없이 솟아나기 시작한 영감, 그리고 칼날 같은 안목으로 시간당 1만 자를 두드리며 소설 전체를 개조하다시피 했다.

그 결과 난생처음 태원의 칭찬까지 들었다.

그래서 재건은 또 울었다.

얄팍한 지갑 사정에 비해 터무니없이 비싼 리카의 사료를 사가지고 집에 가던 길. 태원의 재미있다는 전화를 받고 길바닥에서 리카를 끌어안은 채 펑펑 울었다. 행인들의 시선에도 아랑곳없이 오래도록 흐느꼈던 그날 밤은 아마도 평생 잊지 못하리라.

"……."

숙연히 추억을 훑는 재건을 주변 사람들은 잠자코 지켜보고 있었다.

잠시 시간이 흘렀고 넌지시 침묵을 깬 사람은 류바우였다.

"2부와 3부도 전부 좋았다고 하십니다."

"……네?"

재건이 찡한 코끝을 구기며 고개를 들었다. 통역사가 그와 시선을 마주친 채 다시금 대답해 주었다.

“지존록 2부와 3부까지 전부 읽었는데 모두 정말 만족스럽다고 말씀하셨습니다.”

“아, 전부 다 읽으셨던 거군요.”

벌어진 재건의 입에서 탄성이 흘러나올 지경이었다.

‘무림지존록’은 지존록 시리즈의 1부에 해당한다.

흥행에 성공한 이후 재건은 이어서 2부와 3부를 썼다.

2부는 무림이 아닌 현대사회가 배경인 ‘현대지존록’으로 다른 주인공이 등장하는 작품이다. ‘무림지존록’의 주인공은 2부에서 조연급으로 등장한다.

3부인 ‘이계지존록’은 앞선 1부와 2부의 두 주인공이 동시에 등장한다.

제목에 나왔듯이 배경도 전혀 다른 제3의 세계.

두 주인공은 이 제3의 세계에서 처음에는 격돌하지만 이내 서로의 진심을 확인하고 화합한다. 그리고 공동의 적을 향해 달려가게 되는 것이다.

“하나의 커다란 세계관이 3부작에 걸쳐 튼실한 구심점이 되어줬습니다. 현대지존록은 배경이 한국이라서 조금 흥미가 떨어졌던 건 사실입니다. 하지만 3부 이계지존록은 너무 재미있었습니다. 1부와 2부의 주인공이 부딪치면서 화학작용을 일으키는 전개가 제 가슴을 울렸습니다.”

"고맙습니다, 사실 한국에선 3부가 제일 안 팔렸습니다."

재건이 농담조로 쓴웃음을 지으며 대꾸했다.

주인공이 두 사람인 데다 전작에 대한 이해도가 어느 정도 요구되었던 까닭이다.

통역사의 말을 전해 들은 류바우도 웃으며 고갯짓을 해 보였다.

"중앙 선전부장께서도 이해하실 것 같다고 하십니다. 만약 처음에 3부를 먼저 읽었다면 이토록 크게 재미가 느껴지진 않았을 거라고 하십니다. 그래서…… 죄송하지만 잠깐만요, 하 선생님."

통역사가 아예 류바우 쪽으로 돌아앉아 중국어로 대화를 나누기 시작했다.

몇 마디가 오간 끝에 류바우가 고개를 끄덕였다. 통역사는 다시 재건을 바라보며 입을 열었다.

"이제부터는 통역 없이 제가 미리 전해 들었던 바를 하 선생님께 말씀드리려고 합니다."

"아아, 네. 말씀하세요."

재건이 허리를 펴고 자세를 고쳤다. 돌아가는 분위기가 본론으로 진입할 시점임을 암시하고 있었다.

"중앙 선전부장께서는 지존록 시리즈를 중국에서 제대로 활용할 수 있기를 원하십니다."

"중국에서 활용이요?"

"네, 선생님. 소설에 이어 영화, 만화, 그리고 가능하면 드라마와 게임까지. 모든 콘텐츠를 활용해 지존록 시리즈를 중국 시장에 선보이고 싶다는 마음이십니다."

"……?!"

정작 당사자인 재건보다 다른 사람들이 먼저 기겁했다. 과연 13억 5,000만 명 이상의 인구를 자랑하는 국가 인사는 사업 제안의 규모부터가 다른 건가 싶었다.

미리 준비한 문서를 꺼내 든 통역사가 설명을 이었다.

"가장 큰 기대는 영화 3부작에 걸고 있습니다. 중국도 할리우드에 뒤지지 않는 저력을 보유하고 있으니까요."

"으음, 네."

"무림지존록은 이대로도 좋습니다. 하지만 2부 현대지존록은 배경이 한국인 데다 주인공도 한국인이어서 중국 시장에 얼마나 먹혀들 수 있을지가 조금 걸립니다. 한류 열풍이 중국에도 꽤나 불고 있긴 하지만요."

재건은 천천히 고개를 끄덕이며 경청하고 있었다.

통역사의 말은 대체적으로 수긍이 가는 것들뿐이었다.

"그리고 지금 중국에서 인기를 끄는 작품들은 정통 무협보다는 판타지 요소를 가미한 것이 많습니다. 지존록도 2부가 현대물에 속합니다. 영화화가 된다면 소설 2부가 1편, 그리고 1부가 2편이 되어야 모양새가 좋지 않겠냐는 의견이 있었습니다. 3부는 그대로 3편이고요."

고개를 든 통역사가 틴센트 픽처스 대표 마오옌 쪽으로 눈길을 주며 덧붙였다.

"이건 마오옌 대표님의 의견이었습니다. 마오옌 대표님도 지존록 시리즈를 전부 읽어보셨더군요."

"영광입니다."

재건과 마오옌이 시선을 교환했다.

'질풍노도'를 통해 두터운 신뢰를 구축한 두 사람 사이에 한 줄기 미소가 흐르고 있었다.

그 뒤로도 통역사의 설명이 이어졌다. 대부분 류바우의 작품을 보는 시선에 대한 것이었다. 재건은 메모를 병행하면서 끝까지 이야기를 들었다.

어느 하나 버릴 것이 없는 이야기들이었다.

118장
작가로서의 마음입니다

"오늘 긴 이야기 들어주시느라 정말 고생들 많으셨습니다."

이윽고 회동이 끝을 고했다.

성범을 비롯해 초빙된 기자들의 취재가 이어졌다.

재건은 진심을 다해서 취재에 응한 다음 일행들과 함께 관광공사 건물을 나섰다. 여기서 중앙 선전부장 류바우 및 주한 중국 대사관 직원, 그리고 한국 문화관광부 차관보 등등의 인사들과는 작별을 고했다.

"재건아, 이제 바로 여의도로 가는 거지?"

"어, 그래야지."

예슬이 재건과 도준의 대화 사이로 끼어들었다.

"여의도 어디로 가는 거예요?"

"천리향이라고 중국식 레스토랑 있어요. 음식 맛있으니까 예슬 씨도 기대하세요."

고위 인사들을 제외하고 남은 모든 인원이 차량으로 이동을 개시했다.

목적지에는 명석과 규호가 기다리고 있을 터였다.

국가적인 문화 교류를 위한 자리에 기업인이 참석하면 자칫 뒷말이 나오기 쉽다. 피곤한 일을 미연에 방지하자는 차원에서 2차 회동은 취재진 없이 열기로 얘기가 돼 있었다.

"어서 오세요."

규호와 명석이 나와 재건 일행을 반겨주었다.

서울 도심이 한눈에 내려다보이는 초고층 레스토랑의 특실에는 모두의 자리가 준비되어 있었다.

"하 선생님 자리는 여기입니다."

규호가 테이블 한가운데의 의자를 빼주며 직접 말했다. 이제 재건과는 말을 놓게 됐지만 역시 사람들 앞에서는 존칭을 사용할 수밖에 없었다.

"고맙습니다, 이사님."

마찬가지로 재건도 정중히 답하고는 의자에 앉았다.

전원이 착석하고 식사가 곁들여진 회동이 시작되었다. 한국관광공사에서 있었던 1차 때보다 한결 편안해진 분위기였다.

먼저 운을 뗀 사람은 틴센트 픽처스 대표 마오옌이었다.

"아까는 류바우 중앙 선전부장이 계셔서 가장 중요한 점을 여쭤보지 못했습니다. 하재건 선생님께서는 저희의 제안을 받아들일 의향이 있으신지요?"

"으음…… 네."

재건은 즉답하지 않고 심사숙고하는 표정을 보였다.

자신의 참여 빈도가 크지 않다면 부담이 적겠지만 그렇게 되리란 보장이 없다.

2부 '현대지존록'이 중국에서 통할 수 있을지 걱정이라던 류바우의 말도 마음에 걸렸다.

'더 브레스 미국용 원고도 금세 정리된다는 보장이 없는데.'

글을 쓰는 일이 귀찮다거나 그런 것은 결코 아니었다.

서른 살이 된 올해는 크고 작은 여러 일이 있을 것이기에 가능하면 여유로운 상황을 유지하고 싶어서였다.

당장 누나가 결혼할 것이고 그 이후엔 자신도 장가를 가야 하는 것이다.

"재촉하려는 마음은 없습니다. 그러니까 너무 부담스러워 하시진 않으셨으면 합니다."

마오옌의 웃음이 곁들여진 말을 통역사가 이어서 전해주었다.

"다만 한 가지는 부디 알아주시고 또 이해해 주셨으면 합니다. 저희 중국 입장에서 하 선생님의 지존록 시리즈를 활용하려는 것, 특히 영화로 만들려는 것은 국익에 이바지하기 위해섭니다."

마오옌은 두 눈에 광채를 띠고 열정적으로 말을 이어갔다.

재건은 경청하는 동시에 예전에 들었던 그녀의 인생을 떠올렸다. 소주라는 빈곤한 지역에서 태어나 격변하는 중국에서 자수성가한 대단한 여자인 것이다.

"……즉 이것은 국익 사업이 됩니다. 저와 틴센트 픽처스는 중국의 이익에 보탬이 되기 위해서라도 어떻게든 하 선생님의 지존록 시리즈를 다양한 콘텐츠로 만들어내고 싶습니다. 그러니까 부디 부담은 갖지 않으시더라도 긍정적인 답변을 주셨으면 하는 간절한 바람입니다."

"무슨 말씀이신지 이해했습니다. 고맙습니다."

그 말을 끝으로 식사하는 동안 더 이상 재촉은 없었다. 그래도 재건은 속이 더부룩했다. 어떻게든 이 회동이 끝나기 전에 뭐라도 대답을 해줘야겠다는 부담감 때문이었다.

"잠시 화장실 좀 다녀오겠습니다."

자리를 이탈한 재건은 화장실에서 차가운 물로 얼굴을 씻었다. 1회용 타월을 뽑아 드는 그의 앞으로 규호가 나타났다.

"왜 그래, 처남. 더워?"

"아니요. 아니, 더운 건가. 아무튼 좀 열이 나서요."

단둘만 남게 되니 확실히 대화가 편해진다.

소변기 앞에서 바지 지퍼를 끄르며 규호가 물었다.

“어떡해야 할지 모르겠어서 그래?”

“그렇죠, 얼마나 수정을 요구하게 될지 보장이 없잖아요.”

“그건 그렇겠지. 막상 일이라는 건 처음엔 간단해 보여도 시작되면 눈덩이처럼 불어나는 법이기도 하고.”

“특히 2부 현대지존록이요. 중국 시장에 맞게 부분적인 수정만 거치는 거라면 크게 시간이 걸리진 않겠지만, 만약 전체를 뒤엎어서 거의 리부트 수준이 된다면 솔직히 올해는 사양하고 싶어요.”

규호가 미간을 좁히며 웃었고 재건은 가벼운 한숨을 내쉬었다.

“국익 사업이라는 말도 어찌나 무겁게 고막을 울리는지. 괜히 그런 표현을 들으니까 더 고민스럽고.”

“이것 좀 봐, 처남.”

규호가 주머니에서 100원짜리 동전 한 닢을 꺼내 들었다. 이순신의 초상이 새겨진 동전을 물끄러미 내려다보며 재건이 대꾸했다.

“동전은 갑자기 왜요, 매형?”

“국익이야.”

“네?”

"나라의 이익을 위한 사업이라고. 하지만 이렇게 뒤집으면……."

규호가 뒤집은 동전을 재건에게 내밀며 씩 웃었다.

"체면이 되지."

"아……."

재건은 규호가 하려는 말의 의미를 얼마간 파악하고 고개를 끄덕였다.

전에도 규호는 체면이라는 요소를 강조했었다.

"수십 번을 강조해도 모자라. 중국인과의 사업에서 가장 중요한 건 절대적으로 체면이야."

규호가 출입구 바깥쪽을 힐끗 쳐다보고는 말을 이었다.

"마오옌 대표를 나쁘게 말하려는 건 아냐. 실제로 대단한 여자지. 사업 수완도 능숙하고. 다만 저 여자도 오늘의 저 자리에 있기까지 수없이 많은 사람의 체면을 세워준 거야."

규호의 시선이 재건에게로 옮겨왔다.

"그리고 오늘은 우리 처남님의 체면을 세워줬고. 속으로는 바라고 있겠지. 자신의 체면, 류바우 중앙 선전부장의 체면, 그리고 자신과 류바우 사이의 체면, 이 모든 체면이 깎이지 않도록 처남이 좋은 대답을 해주기를 말야."

재건이 대답 대신 쓰게 웃었다.

규호는 젖은 손을 타월로 닦고는 가볍게 그의 등을 토닥여

주었다.

"오늘 당장 답변할 건 아니니까. 나하고도 나중에 자세히 상의해 보자고."

"네, 매형. 감사합니다."

"내가 처남에게 감사할 일이지."

드르륵!

"아, 매형. 저 전화 한 통만 받고 들어갈게요."

"그래, 먼저 들어갈 테니 천천히 들어와."

규호가 한발 먼저 화장실을 나섰다.

혼자 남은 재건은 도준보다 앞서 인연을 맺은 가장 절친한 벗의 전화를 받았다.

"왜 전화했냐, 박정진."

–뭔 전화를 그따구로 받냐? 확 끊어버릴까?

"해본 말에 날카롭게 반응하기는. 뭐 해?"

–뭐 하긴, 일하지. 재건아, 나 5월쯤 효진이랑 결혼하려고.

"진짜?"

–그럼 가짜로 결혼하겠냐? 이 말하려고 전화한 거야. 너한테 처음으로 얘기하는 거다. 영광으로 알아라.

"축하한다, 정진아. 어떻게 시작할지 뭐 그런 것들은 다 생각했고?"

–둘이 모은 돈 합치고, 대출받아서 전세 알아봐야지. 작

은 평수 아파트나 아니면 조금 널찍한 빌라로 가려고. 서울 벗어나서는 도저히 출퇴근 못 하겠고.

재건이 말을 잇지 못하고 목울대를 울렸다.

재정적으로 여유가 있으니 친구를 도와주고 싶다. 하지만 친구이기에 자존심을 생각하면 쉽게 말이 나오질 않았다.

—네가 무슨 생각하느라 닥치고 있는지 안다.

키득거리는 정진의 목소리가 정적을 깼다.

—괜히 신경 쓰지 마, 우리 힘으로 할 수 있어서 의미가 있는 거야. 내가 정말 힘들었으면 너한테 먼저 도와달라고 부탁하지 않았겠냐?

"정진아, 그럼 기왕 말이 나왔으니 말인데 필요한 만큼 내가 좀 빌려줄 테니까……."

—귀 막혔냐? 방금 얘기했는데 무슨 돈을 빌려준대? 정말로 괜찮아. 둘 다 회사도 안정적이고, 우리 힘으로 출발하고 유지해야 의미가 있다고 생각해. 네 마음만 고맙게 받으마.

"멋있는 척하기는."

—너보다 멋있어. 키도 살짝 더 크고. 효진이도 너보다 내가 더 잘생겼대. 하하하.

재건은 벽에 등을 기대고 서서 환히 웃었다.

정진의 목소리를 듣는 것만으로 피로가 말끔히 사라진다. 최근 들어 자주 보지 못한 친구에게 죄스러움을 느끼면서 그는 말을 이었다.

"그럼 선물이라도 하나 제대로 해줘야겠네."

–헤헤, 또 선물까지야 사양은 안 하지. 네가 사주는 거면 뭐든 좋을 것 같다. 근데 넌 뭐 하고 있어? 일하는 중 아니야?

"어, 지금 지존록 시리즈 때문에 업체 사람들 좀 만났어."

–지존록? 지존록은 왜?

재건은 간단하게 오늘 있었던 일들을 들려주었다. 다 듣고 난 정진은 전파 저편에서 펄쩍 뛰는 듯한 반응을 보였다.

–야, 대박이다. 그래서 지존록 시리즈를 영화로 만들자는 거야? 그거 풍천유 첫 번째 히트작 아니야! 그때 기억나? 우리 과장님이 점심도 안 먹고 그것만 읽고 있는 거 보고 놀라서 내가 너한테 전화했던 거?

"당연히 기억하고 있지."

–야, 기대된다. 초대형 3부작 무협 영화 나오는 거냐? 난 네 글들 다 좋지만 역시 무협이나 판타지가 최고로 좋다. 진짜 잘됐다, 재건아. 내가 너무 좋다, 진짜로 으아~!

핸드폰을 귀에 댄 채로 재건은 고개를 들었다. 거울 속으로 활짝 웃는 자신의 얼굴이 보였다.

기뻐하는 친구의 호들갑 덕분에 의외로 결정은 간단히 내려질 듯했다.

–재건아, 뭐 해. 왜 갑자기 말이 없어.

"아니, 잠깐 생각 좀 하느라고."

—무슨 생각? 내 생각?

"그래, 네 생각했다."

등 뒤에서 발소리가 울렸다. 돌아보니 이번엔 규호의 바통을 이어받은 명석이 들어온 참이었다. 미묘하게 미소를 띤 표정이 어쩐지 할 말이 있는 듯했다.

재건이 핸드폰에 대고 말했다.

"정진아, 지금 혼자 있는 게 아니라서. 내가 다시 전화할게. 조만간 소주 한잔하자."

—나야 주말이면 무조건 콜이다. 전화나 해.

재건이 전화를 끊자 명석이 기다렸다는 듯이 물었다.

"혹시 제 얼굴이 할 말 있는 사람처럼 보이셔서 전화 끊으신 건 아니시죠?"

"맞는데요. 하실 말씀 없으신 거예요?"

명석이 천장을 올려다보며 가볍게 웃었다.

"드릴 말씀이 있다기보다는 하 선생님 의향이 궁금해서요."

"고민하고 있습니다. 편집장님은 이런 말이 나오리라는 걸 예상하셨던 거예요? 전에 전화로 얼마간 추측하는 바가 있다고 말씀하셨잖아요."

"지존록 시리즈를 언급할 줄은 솔직히 예상 못 했습니다. 아까 하 선생님 표정 보니 많이 놀라셨던 것 같던데요."

"네, 좀 많이 놀랐죠."

명석이 조금 전 규호가 그랬던 것처럼 출입구 쪽을 힐끗 살폈다.

그러고는 손안의 자기 핸드폰을 만지작거리며 말을 이었다.

"지금 런쉐나 마오옌 대표는 초조해하고 있습니다."

"초조해한다고요?"

"특히 마오옌이요. 더 브레스에 이어 지존록마저 놓치게 될까 봐 두려운 겁니다. 내색하진 않지만 좀 더 빨리 움직이지 못한 걸 후회하고 있을지도요. 질풍노도의 믿어지지 않는 대성공을 두 눈으로 확인했을 땐 이미 한발 늦었죠."

"……."

"지금 마오옌 대표에게는 더 브레스 판권을 따낸 오픈하우스가 세상에서 가장 부러운 존재일 겁니다. 2연속 홈런을 터뜨릴 기회를 스스로 놓쳤다고 자책하면서요. 틴센트 픽처스에 비하면 오픈하우스는 그야말로 구멍가게만도 못한 작은 회사인데. 재미있게 돌아가지 않습니까, 하 선생님?"

질문으로 말을 끝낸 명석은 정말로 재미있다는 듯이 웃고 있었다.

웃을 수 없는 재건이 경직된 얼굴로 물었다.

"항시 그러셨듯이 조언해 주실 부분은 없으세요?"

"이건 더없이 좋은 제안입니다."

고민하는 기색도 없이 명석이 잘라 말했다.

"틴센트라는 대기업의 두 대표만이 아니라 선전부장까지 함께 찾아왔습니다. 이 제안을 받아들이시면 저들은 전력으로 하 선생님의 작품을 밀어줄 겁니다. 중국인으로의 체면이 걸린 문제거든요."

명석의 입에서도 체면이란 단어가 나오고 있었다.

하지만 이어지는 그의 결론은 규호와 사뭇 달랐다.

"하지만 저는 체면보다 더 중요한 게 있다고 생각해요."

"……?"

"작가로서의 마음입니다. 하 선생님께서 정말 사정이 여의치 않아 이 제안을 미루거나 거절하시더라도 어쩔 수 없는 일이라고 생각합니다. 그리고 그게 옳은 판단이고요. 억지로 받아들이실 필요는 없다고 봅니다."

말을 마친 명석이 가볍게 묵례하고 먼저 화장실을 나섰다.

재건은 우두커니 서서 방금 들은 말을 속으로 곱씹어 보았다.

명석이 작가 출신인 까닭일까.

확실히 규호의 사업적인 측면의 조언과는 차이가 있었다. 물론 양쪽 모두 재건에게는 버릴 수 없이 소중한 조언이었다.

그날 밤.

집으로 돌아온 재건은 수희와 자정이 넘도록 이야기꽃을 피웠다. 대화의 화제는 역시 지존록 시리즈 영화화였다.

"할 수 있겠어?"

"솔직히 내 생각으로는 할 수 있을 것 같긴 해. 현대지존록을 크게 뒤엎는 정도만 아니라면 못할 건 없지."

재건이 탁자 위로 팔을 뻗어 수희의 손을 잡았다.

"네 의견은 어떤데?"

"이미 마음으로 정한 거 아냐?"

"나한텐 네 의견이 세상에서 가장 중요해."

"피…… 나도 네 의견이 세상에서 가장 중요하거든? 네 마음 가는 대로 했으면 좋겠어. 우리 결혼 일정이니 그런 거 신경 안 썼으면 해. 앗, 커피 벌써 다 마셨네."

수희가 빈 머그컵을 들고 일어섰다.

커피를 타는 수희의 뒷모습을 보며 재건은 소리 없이 웃었다.

반바지 밑으로 예쁜 다리를 볼 수 있게 된 봄이 돌아와서 좋았다. 그에게는 한국 최고, 아니, 세계 최고의 각선미였다.

"어쩐지 무릎 뒤가 간지럽더라니, 힐끔힐끔 쳐다보고 있을 줄 알았어."

"대놓고 보고 있었는데? 근데 요즘 살이 약간 붙었나?"

"죽고 싶으세요, 하재건 작가님? 농담은 그만하구, 요즘 소미 씨는 어떻게 지내?"

"소미 씨?"

재건의 얼굴에 즉시 의아한 기색이 떠올랐다. 갑작스레 수희의 입을 통해 소미 얘기가 나올 일이 뭐가 있을까.

쓸데없이 누군가의 안부를 물을 수희가 아니다.

"응, 더 브레스 웹툰 때문에."

"아아…….

역시 그러면 그렇지.

고개를 끄덕이는 재건에게 수희가 말을 이었다.

"오스카의 던전 때도 웹툰 반응이 나쁘지 않았어. 이번에도 소미 씨에게 부탁했으면 좋겠는데."

"더 브레스 온라인은 출시되려면 멀었잖아?"

"미리 준비해서 나쁠 게 뭐 있어? 웹툰이라는 게 하루 이틀 만에 완성되는 것도 아니고. 전에도 소미 씨 일정에 밀려서 좀 빠듯하긴 했어. 천성이 성실한 건지 펑크는 없었지만 보는 내가 좀 안쓰러울 때도 있었고."

재건은 속으로 웃음을 삼키고 있었다.

수희가 이렇게까지 얘기한다는 건 소미의 능력을 인정하

고 있다는 의미다. 업무만이 아닌 인간적으로 걱정하는 부분은 내심 놀랍기까지 했다.

"직접 얘기하면 되잖아?"

"어? 아……."

순간 말문이 막힌 수희가 두 눈을 동그랗게 뜨고 허둥거렸다.

"아니, 나는…… 그니까 네가 자주 부천 사무실 다녀오고 그러니까. 겸사겸사 네가 직접 얘기해 줘도 괜찮지 않을까 하고 생각했던 거야. 얼굴 보고 말야."

"이 팀장님, 왜 그렇게 당황하시죠?"

수희가 한숨을 내뿜더니 티스푼을 내려놓았다.

"너 오늘 때려줘야지 안 되겠어. 지금 내 성격 읽고 속으로 비웃은 거지? 이리 와."

"리카! 살려줘. 네 언니가 나 두들겨 패려고 해."

재건이 도망치면서 구조 요청을 보냈다.

소파에 웅크려 앉은 리카는 두 사람의 애정 행각에 귀 한 번 세우는 법이 없었다.

BIG LIFE

"와…… 중국 중앙 선전부장이 하재건 작가를 만나기 위해

친히 방한……! 재건이 형 진짜 이제 몸값 장난 아니네.”

“기사 제목 가만히 보면 다 참 자극적이지 않아요? 제가 하 작가님이면 그런 기사 봤을 때 민망할 것 같은데.”

막내 작가 재희의 말에 현경이 코웃음을 터뜨렸다.

“야, 넌 제발 일어나지도 않을 일 걱정하지 말고 빨리 마감이나 쳐. 그놈의 어반 판타지인지 뭔지 하나 갖고 언제까지 쓰려는 건데? 어떻게 써도 반겨주지 않을 장르라서 어반 판타지냐?”

“너무해요, 현경이 형. 제가 기필코 더 브레스만큼 대박 터뜨릴 테니까 두고 보세요.”

“푸하하하하! 야, 지금 그건 웃겼어. 인정.”

재희가 붉으락푸르락해진 낯으로 씩씩거리며 돌아섰다. 자기 자리에서 인터넷을 검색하고 있던 봉이가 재희의 바통을 이었다.

“근데 하 작가님 기사 다 묻히게 생겼네요. 채보라 사건이 너무 크다.”

“그러게, 이슈가 될 만도 한 일이지.”

현재 인터넷 최대의 화제는 역시 채보라 사건이었다.

스폰서 관계였던 기업인을 상대로 20억 원의 금액을 요구했다가 공갈 미수 혐의로 고소를 당한 것이다.

보라가 직접 작성한 메시지까지 만천하에 공개됐다. 혼란에 휩싸인 팬들은 온갖 SNS를 통해 실시간으로 충격을 쏟아내고 있었다.

"어쩜…… 진짜 이렇게 안 봤는데. 역시 연예인들의 세계는 TV로 볼 때와는 전혀 다른가 봐."

"다 그런 건 아닐 거야. 도준이 형만 봐도 사람 얼마나 좋아. 인기 톱인데도 구김살 없고."

"하긴, 그러니까 재건이 형이랑 그렇게 친하게 지내시는 거겠죠?"

작가들이 이런저런 얘기로 떠드는 사이.

소미는 대화에 끼지 않고 구석진 자리에서 작업에만 매진하고 있었다. 봉이의 신작 로맨스 소설 표지를 그리는 중이었다.

"정 대리님, 오늘도 일만 하시네요."

"아, 전봉이 작가님."

소미가 펜을 놓고 고개를 들었다.

등 뒤로 다가온 봉이가 그녀의 양어깨를 주물러 주고 있었다. 같은 여자인 데다 두 사람 모두 살가운 성격이어서 금세 친해졌다.

"표지 진짜 예쁘다. 정 대리님, 그림 너무 잘 그리세요. 제 글은 모자란데 표지 그림이 좋아서 평균 이상은 팔리겠어요."

"무슨 소리예요. 봉이 작가님 글 잘 쓰세요."

봉이가 어깨를 주무르던 손을 멈추고 두 눈을 흘겼다.

"근데 정 대리님, 다른 작가님들은 성 부르고 작가님이라고 하시면서 꼭 저한테는 봉이 작가님이라고 하시더라?"

"아…… 제가 그랬어요?"

"우와, 전혀 몰랐다는 척 연기력 끝장!"

"제가 정말 그랬다면 우리 봉이 작가님 성함이 너무 귀여우셔서? 저도 모르게 머리보다 가슴이 먼저 부르는 호칭?"

"아, 그만하세요. 제가 잘못했어요."

봉이가 등 뒤에서 소미를 와락 껴안았다.

낄낄거리는 두 여자를 부러운 시선으로 훔쳐보는 현경이었다. 봉이가 끌어안는 상대가 자신이었으면…….

"근데 정 대리님은 왜 웹툰 안 하세요?"

"웹툰이요?"

"네, 하 작가님 오스카의 던전 웹툰도 그리셨었잖아요. 진짜 재밌게 봤는데. 그림도 좋고 연출도 멋졌고."

"그건 정식이라기보단 게임 출시 전에 마케팅의 일환으로 했던 거라서요. 제대로 하려고 하면 재능도 부족하고 경험도 모자라서 어려워요."

웃으며 대꾸하는 동시에 소미는 작업을 재개하고 있었다.

사실 이런 말을 듣는 건 처음이 아니었다. 많은 사람이 계속해서 소미에게 제안하고 있었다. 특히 그녀가 몸담고 있는 래프북스 대표 태원이 그랬다.

"웹툰 하세요, 정 대리. 래프북스 직원으로서가 아니라 정소미라는 작가 개인으로요. 내가 정 대리한테 지금까지 받은 게 얼만데, 나도 정 대리한테 좀 해주고 싶다. 그 아까운 실력 표지만 그리다 썩힐 거예요?"

태원이 그렇게 말할 때마다 소미의 대답은 엇비슷했다. 아직 준비가 덜 되었다거나 혹은 조금 더 실력을 갈고닦은 후에 결정하겠다거나.

완전히 거짓말은 아니었다.

하지만 온건한 진심이냐고 묻는다면 그것 또한 아니었다.

다시 웹툰을 하게 된다면 재건의 작품으로 하길 바라고 있기 때문이었다.

고료 같은 부분은 아무래도 좋았다.

물론 태원은 스토리 작가와의 분할 비율을 9 대 1까지도 해주겠다고 장담했다. 9가 소미의 몫이다.

그러나 이런 제안도 그녀를 쉽사리 움직일 순 없었다.

돈보다 중요한 마음의 용기.

여기에 불을 지피기 위해서는 하재건이라는 작가가 필요했다. 몇 번이고 무너질 뻔했던 서울에서의 삶을 재건 덕분에 견뎌냈다.

그의 작품으로 다시 웹툰을 하고 싶었다. 9 대 1의 계약에서 자신이 1이 된다고 해도 상관없었다.

'결혼하시면 앞으로 점점 더 보기 힘들어지겠지……?'

굳게 닫힌 현관문을 바라보면서 소미는 생각했다.

지금 저 문을 열고 하 작가님이 나타나주면 얼마나 좋을까.

'내게 다가와서 웹툰을 하자고 제의를 하시는 거야. 그럼 나는 짐짓 마지못한 척 제의를 받아들이며 웃는 거지. 그리고 오늘 저녁을 함께 먹으면서 작품에 대해 구상하고…….'

소미의 행복한 망상이 이어지는 바로 그 순간.

삑삑삑삑.

현관 비밀번호를 입력하는 소리가 울릴 때까지만 해도 소미는 반신반의한 심정이었다.

곧이어 문이 열렸다.

한없이 환한 한 남자의 미소가 그녀의 시야를 가득 채웠다.

119장

네가 자랑스럽다

"우와! 재건이 형? 갑자기 어쩐 일이세요?"

현경이 놀라서 벌떡 몸을 일으켰다. 재건은 품에 안고 있던 리카를 바닥에 내려놓으며 인사했다.

"어쩐 일은, 작가 사무실에 작가가 글 쓰러 오지. 다들 잘 지내셨죠? 어라? 이게 누구야? 소미 씨 아니야?"

재건이 반색하며 소미에게 다가갔다. 망상이 현실로 이어진 소미는 아직까지 멍하기만 했다.

"왜 그래요, 소미 씨. 오랜만인데 안 반가우세요?"

"아, 아니요. 하 작가님, 어서 오세요……. 점심은 드셨어요?"

"네, 먹고 왔어요. 와, 표지 죽인다. 우리 봉이 작가님 표지구나?"

재건이 소미의 옆 의자에 털썩 앉으며 말했다. 울상이 된 봉이가 야속한 눈초리로 돌아보았다.

"아, 정말 하 작가님까지! 이름으로 놀리시는 거죠 지금?"

"아니에요, 봉이 작가님 성함이 얼마나 예쁜데요. 자부심 가져도 될 만큼 예쁜 이름이에요. 신작에 필명 안 쓰고 본명으로 가시는 거 잘 결정하신 거예요."

재건은 봉이에게 격려를 전한 다음 다시 돌아앉았다. 무릎 위로 모은 두 손을 꼼지락거리는 소미에게 그는 대뜸 말했다.

"소미 씨, 우리 웹툰 합시다."

"……네?"

"웹툰 하자고요. 오스카의 던전에 이어서 더 브레스도 소미 씨가 그려주세요."

도대체 망상이 어디까지 현실로 이어지려는 것일까.

완전히 넋이 나간 소미의 무릎 위로 리카가 올라왔다.

가만히 올려다보는 리카의 표정은 마치 '뭐가 그리 심각해?'라고 묻고 있는 듯했다.

고개를 떨어뜨린 소미는 천천히 팔을 뻗어 리카를 가슴 가득 끌어안았다.

"자세한 얘기는 오늘 저녁이라도 먹으면서 할까요? 전개 방식에 대해 논의도 좀 해야 할 것 같고."

"저도 그럴 생각이었어요."

"네? 소미 씨, 그게 무슨……?"

"아, 아니에요. 좋아요, 하 작가님. 네, 오늘 저녁 드시면서 얘기하실 수 있어요. 아니, 얘기할 수 있어요. 죄송해요, 네."

소미가 허겁지겁 고개를 끄덕였다.

혼자만의 망상이 100% 이뤄졌다. 어린 시절 어머니가 장난으로 '네게 신기가 있다'라고 말했던 일화가 떠올랐을 만큼 놀랐다.

"그럼 오늘 저녁 같이 먹기로 해요."

재건이 기지개를 켜며 일어섰다.

사무실 내부를 돌아본 끝에 그는 아쉬운 기색으로 중얼거렸다.

"연우 이 자식은 가면 갈수록 코빼기도 안 보이네."

연우의 이름이 나오자 소미도 침울해졌다. 고백을 거절한 이후로 조금씩 얼굴을 보는 빈도가 뜸해진 것이 사실이었다.

"전화도 안 받네, 이 자식. 수원 집에 금덩이라도 숨겨놨나."

재건이 핸드폰을 거둬들이며 혀를 끌끌 찼다.

그 앞에서 소미가 할 수 있는 말은 없었다.

바로 그때.

드르륵!

핸드폰이 울리며 연우의 이름이 액정에 떠올랐다. 재건은 전화를 받자마자 농담부터 건넸다.

"타이밍 기가 막히네. 지금 매니저 구인 인터넷에 올리려던 참이었다."

–저기, 실례합니다. 하재건 선생님 맞으세요?

되돌아온 것은 연우가 아니라 무기력한 중년 여성의 목소리였다. 놀란 재건은 귀에서 핸드폰을 떼고 번호를 다시 확인했다.

"아, 네…… 제가 하재건 맞습니다. 그런데……?"

–죄송합니다, 저 연우 애미 되는 사람입니다.

"아아……! 안녕하십니까, 어머님. 당연히 연우 전화인 줄 알고 본의 아니게 결례를 저질렀습니다. 정말 죄송합니다."

–아닙니다, 선생님. 그보다 제가 전화를 드린 이유는…….

우두커니 선 재건의 안색이 급격하게 어두워져갔다. 영문을 모르는 소미도 근심스럽게 그를 올려다보는 중이었다.

"알겠습니다, 어머님. 우선 제가 수원으로 내려가 보겠습니다. 아닙니다, 바쁘지 않습니다. 네, 도착 직전에 전화 한 통 드리겠습니다."

전화를 끊은 재건은 한 손을 들어 손바닥에 얼굴을 묻었다. 손바닥에서부터 시작된 떨림이 그의 머리부터 발끝까지 뒤흔들고 있었다.

소미는 물론이고 심상치 않은 기색을 느낀 주변 작가들은 한 마디 말조차 붙일 수가 없었다.

"소미 씨."

"네, 네! 하 작가님."

"죄송한데 리카 좀 부탁드려도 될까요? 그리고 오늘 저녁 어떻게 될지 모르겠습니다."

"아니에요, 하 작가님. 그런 건 전혀 신경 쓰시지 마세요."

재건은 그 이상의 말도 없이 돌아섰다. 소미가 함께 가도 되겠냐고 말을 붙일 틈도 없었다. 사무실 현관문을 나서자마자 그는 엘리베이터를 향해 달려가고 있었다.

드르륵!

지하 주차장으로 내려가는 엘리베이터 안에서 핸드폰이 울렸다. 재건은 자괴감으로 얼룩진 표정 그대로 전화를 받았다.

"여보세요? 안녕하세요, 차관보님. 네, 전화 주셔서 감사합니다. 그 일은 아직 고민하고 있습니다. 아아, 대단히 죄송하지만 오늘은 어려울 것 같습니다. 주변에 일이 생겨서요. 제가 근시일 안에 전화를 드리겠습니다. 네, 차관보님께서도 좋은 하루 되십시오."

전화를 끊은 재건은 하마터면 핸드폰을 던져 버릴 뻔했다. 무심했던 스스로가 혐오스러워서 견딜 재간이 없었다.

눈앞에 아른거리는 연우는 재건의 불행이 자신의 일인 것처럼 울분을 터뜨리고 있었다. 처음 만났을 때부터 지금껏 줄곧 그래왔듯이.

"산소 호흡기 절대로 빼시지 못하게 하세요. 지금 호흡기 빼시면 내장 기관 전부 망가지십니다."

"……!"

연우는 꿈이라고 믿고 싶었다.

나무토막처럼 빼빼 마른 아버지의 두 팔은 아이의 손으로도 능히 잡을 수 있을 만큼 가느다랬다.

도대체 언제 이렇게 마르신 건지…….

그저 기가 막힐 따름이다.

아들을 향한 아버지의 흐릿한 시선은 필사적이었다.

호흡기에 서리는 희뿌연 김이 애처롭다.

꼭 하고 싶은 말이 있다는 눈빛.

하지만 연우는 약해지는 마음을 다잡으면서 더욱 세게 아버지의 팔을 잡아 눌렀다.

"안 된다잖아요. 의사가 얘기하고 갔잖아요. 호흡기 빼면 안 된다고 하잖아요."

했던 말을 하고 또 할 수밖에 없다.

세상에 어떻게 이런 일이 있을 수 있을까.

원체 건강한 아버지였다. 그 어떤 징후나 조짐도 없었다.

이따금 어머니 계좌로 생활비를 보내면서 안부를 물으면 항상 건강하시다는 대답이었다. 그래서 안심하고 있었던 것이 크나큰 실수였음을 이제야 자각하는 연우였다.

"가만히 좀 계세요, 아버지."

더운 숨결을 토해내는 연우의 윗입술에 흘러내린 눈물이 흥건히 맺혔다.

"왜 이렇게 갑자기 안 좋아지세요. 지난주까지만 해도 저랑 산책하셨잖아요. 칠보산 가자면서요. 백숙 먹으러 가자면서요."

생활비를 입금하기 전에 억지로라도 잡아끌고 종합검진을 받게 할걸.

말대꾸를 하기 전에 한 번 더 생각하고 침묵할걸.

잔소리 한 번 참고 같은 상에서 밥 먹을걸.

등산 가실 때 한 번이라도 따라나설걸.

한번 떠오르기 시작한 후회는 밑도 끝도 없이 밀려들었다. 실로 잔인한 감정이다.

연우는 비참하기 짝이 없었다.

하늘이 무너진다.

마음이 깨진다.

오늘까지 살아온 인생은 완전히 잘못됐다.

"연우야……."

생필품을 챙기러 잠시 자리를 비웠던 어머니의 목소리가 등 뒤에서 울렸다.

연우는 돌아보지 않았다.

흐르는 눈물을 어머니께 들키고 싶지 않아서. 그토록 아버지를 원망할 땐 언제고 이제 와 우는 거냐고 혼쭐이 날 것 같아서.

"손님…… 손님 오셨다……."

"……?"

손님이란 말에 비로소 연우가 돌아보았다.

구부정히 선 어머니 옆에 재건이 서 있었다.

얼마나 급하게 달려온 걸까.

머리는 산발이고 벌건 얼굴은 땀으로 범벅이었다. 어깨 뒤로 내려간 겉옷을 올릴 생각도 없이 거친 숨을 몰아쉬고 있었다.

"연우야."

재건이 떨리는 목소리로 한 걸음, 두 걸음 다가섰다. 시선은 연우의 어깨를 지나 침대에 드러누운 환자에게로 향했다. 환자와 시선이 마주치자마자 재건은 힘겹게 웃으며 고개를 숙였다.

"안녕하십니까, 아버님. 연우와 함께 일하는 작가 하재건이라고 합니다.”

한껏 풀려 있던 연우 아버지의 두 눈이 일순 빛을 발했다. 바닥난 기력으로나마 의아함을 표시하는 그 표정에 대고 재건은 덧붙였다.

“연우가 별말이 없었나 봅니다. 연우 글 씁니다, 아버님. 출간 작품도 여럿 있구요. 종이책도 나왔습니다.”

재건이 텅 빈 자신의 주머니를 뒤적이며 허둥거렸다. 그런 끝에 핸드폰을 꺼내 연우의 작품들을 검색하고는 아버지의 두 눈 위로 비춰주었다.

“급하게 달려오느라 제가 종이책을 미처…… 아버님, 이걸 좀 보세요. 이게 다 연우가 낸 작품들입니다. 전자책으로도 잘 팔리고 있습니다. 요즘은 인터넷 시대니까요. 종이책보다 더 잘 팔리고요. 연우 유명합니다.”

재건이 열띤 목소리로 설명을 계속했다.

그 옆에서 연우는 고개를 푹 숙인 채 미동조차 없었다.

“야, 연우야. 아버님이 하실 말씀 있으신 것 같아.”

“안 돼요…….”

“안 되긴 뭐가 안 돼?”

“의사가 호흡기 빼지 말래요. 내장 다 망가진다고요…….”

“뭐……?”

재건은 말기 암 환자를 가까이서 본 경험이 아직까지 없었다. 어쩐지 연우의 혼란한 심정을 알 것 같았다.

어떡해야 할지 갈피를 잡지 못하고 있을지도 모른다.

"잠깐만. 내가 의사 선생님 한번 보고 올게."

재건이 그렇게 말하며 일어섰을 때, 호흡기 속 아버지의 입술이 달싹였다.

연우는 자석처럼 이끌리듯 다가가 아버지의 입으로 두 눈을 모았다.

'네…… 가…… 자…… 랑…… 스…… 럽…… 다…….'

아버지의 수줍은 마음은 아주 천천히, 더불어 또렷하게 한 글자씩 아들의 가슴으로 파고들었다.

다시금 아버지의 호흡이 가빠지기 시작했다.

의사가 병실로 달려왔다.

연우는 아버지의 손을 붙잡은 채 입술을 깨물었다. 현재 시간과 병명을 내포한 의학적인 사망 선고는 5분이 채 지나지 않아 의사의 입에서 흘러나왔다.

그제야 연우는 참았던 오열을 실컷 터뜨릴 수 있었다.

BIG LIFE

장례식은 3일장으로 진행되었다.

사무실의 작가들이 돌아가면서 찾아와 하루씩 밤을 지새

워 주었다. 특히 소미는 한시도 자리를 떠나지 않고 잔일을 도우며 장례식장을 지켰다.

"연우가 성공했나 보네."

"그러게……. 쟁쟁한 사람들이 다 찾아오는 걸 보면."

"고졸이라 그러지 않았어?"

"거, 사람 참. 요즘 세상에 학벌이 대수인가? 촌스럽기는."

장례식장에 찾아온 조문객들은 사방에서 목소리를 낮추어 쑥덕이기 바빴다. 검은 정장을 입고 사방을 오가는 재건과 도준을 믿을 수 없다는 눈초리로 훔쳐보면서.

"거참, 실제로 보니 더 잘생겼네."

"하재건이랑 친하다는 게 사실이었나 봐. 예능에서 나오는 얘기는 다 거짓말일 줄 알았는데."

"연우는 저 대단한 양반들이랑 어떻게 아는 사이래?"

"여태 뭐 듣고 있었어? 연우 글 쓴다잖아, 하재건 작가 사무실에서."

"하이고야~ 그러면 저 작가님한테 인정을 어느 정도 받았다는 거구만?"

가족을 떠나보낸 슬픔은 오롯이 가족의 것이다.

여타 조문객들이 각자의 흥밋거리로 떠드는 동안 연우는 묵묵히 상주의 자리를 지키고 있었다.

"우리 연우가 복이 많습니다……. 작가 선생님들 바쁘신

와중에 정말 고맙습니다……. 하재건 선생님, 너무너무 감사합니다. 우리 연우 잘 돌봐주셔서 정말 감사합니다."

연우의 어머니는 장례식 내내 감사하다는 말을 수도 없이 되풀이했다.

그 말을 들을 때마다 작가들은 면목이 없어 고개를 숙일 뿐이었다.

장례식장 옥외에 위치한 휴게실.

"연우한테 이런 일이 있었다니……."

벤치에 앉은 민호는 붉은 두 눈으로 하늘 저편을 바라보며 중얼거렸다. 특히 감성적인 그는 보이지 않는 곳에 숨어서 연우 다음으로 많이 울었다.

"이런 줄도 모르고 결혼이니 신혼여행이니 내가 잘도 떠들었지. 왜 그렇게 집에 자주 내려가곤 했는지 한번 제대로 물어보기라도 했으면……."

"그만해, 형."

곁에 나란히 앉아 있던 은영이 그의 손등에 손을 포갰다. 그렇게 말하는 그녀의 두 눈도 퉁퉁 부어 있었다.

"안 그래도 제일 슬플 사람은 연우잖아. 형이 자꾸 이러면 연우 마음이 얼마나 아프겠어."

"알아, 나도 아는데……."

민호가 말끝을 흐렸다. 회한이 서린 한숨을 길게 내뿜은 끝에 그는 화제를 바꿔 물었다.

“비용 문제 같은 건 확실히 없는 거래?”

“응, 없대. 하 작가님이 다 확인하셨어.”

“그래, 하 작가님이 원체 잘 챙기시지…….”

“어머님 말씀 들어보니까 연우가 그사이에 잘했더라. 집에 꼬박꼬박 돈도 부쳐 줬대.”

“그래…… 연우 괜찮아지겠지?”

“그건 나도 장담 못 하겠다. 워낙 밝았던 애라서 더 신경 쓰여. 어쨌든 우리가 잘 보듬어줘야지.”

은영이 장례식장 쪽을 힐끗 돌아보고는 나직이 한숨을 내쉬었다.

연우만큼 재건도 걱정되는 것이 솔직한 그녀의 심정이었다. 회색 하늘에서 빗방울이 떨어지고 있었다.

BIG LIFE

장례식은 탈 없이 끝을 고했다.

발인까지 마치고 장갑을 벗은 연우는 재건에게 일대일로 감사의 마음을 전했다.

“고맙습니다, 재건이 형.”

"그런 말 하지 마, 내가 해준 게 뭐가 있어."

"아버지 임종 지켜봐 주셨잖아요. 그리고 형 덕분에 저 난생처음으로 아버지 칭찬도 들었어요. 호흡기를 빼드려야 하나 말아야 하나 엄청나게 고심했는데……."

"연우야."

"형 덕분에…… 형 덕분에 아버지한테 칭찬받았어요. 헤헤……."

연우는 두 눈으로 눈물을 질질 흘리면서 입은 환히 웃고 있었다. 가만히 보고 있기가 힘들어서 재건은 무심코 두 눈을 내리깔았다.

"아, 그러고 보니 정 대리님한테도 고맙다는 말 한마디를 못 했네요."

"나중에 사무실 와서 얘기하면 되지."

"네, 그래야죠. 사흘 내내 계셔주시고 발인까지 함께해 주셨는데. 어머니가 정 대리님 예쁘다고 얼마나 칭찬하시던지. 그리고 도준이 형, 우리 형 의리, 으아~! 저 이제 진짜 도준이 형 나오는 프로는 모조리 본방사수 하려고요. 도준이 형이 CF 찍은 데랑 경쟁하는 회사 상품은 쳐다도 안 볼 거고요."

연우의 목소리가 활기를 띠기 시작했다.

자기 마음보다 분위기를 먼저 고려하는 그 성격은 역시 어디 가지 않았다.

그 점을 느낀 재건은 더욱 가슴이 시렸다.

“맞다, 재건이 형. 지존록 시리즈 중국에서 재출간에 영화화까지 제안받으셨다면서요?”

“아…….”

“어떡하실 거예요? 당연히 수락이죠?”

“아직 정확하게 결정은 못…….”

재건은 말을 잇지 못했다.

연우가 입을 꾹 다문 채 울먹이듯 웃고 있었다.

촉촉이 젖은 그의 두 눈을 통해 재건은 오래전의 기억을 떠올렸다.

“할 거야.”

즉답하고 난 재건이 결연히 목울대를 울렸다.

풍천유 작가가 가진 최고의 팬을 잊고 있었다. 풍천유를 통해 작가로서의 꿈을 꾸게 된 그 어떤 청춘을 까마득히 잊어버리고 있었다.

“당연히 해야지. 풍천유가 세상에 제 이름을 알리게 된 작품인데. 만사를 제쳐 두고라도 해야지. 그래서 우리 작가 사무실도 막, 어? 아예 그 오피스텔 건물을 통째로 사버려야지.”

“와, 역시 풍천유! 스케일이 다르구요!”

환호하는 연우를 재건은 덥석 끌어안았다.

잠시 후, 재건은 자신의 어깨에 얼굴을 파묻은 연우의 흐

느낌을 들었다.

사흘 내내 간헐적으로 쏟아지던 비가 어느새 완전히 멎어 있었다.

120장
나쁜 감정은 없습니다

―모든 지원을 다 해드리겠답니다. 아예 계약서에 조항을 그렇게 넣겠다고 합니다. 지존록 3부작의 집필이 끝날 때까지 집필 활동에 필요한 모든 지원을요. 소요되는 금액에 관계없이 해드리겠다고요. 이거 틴센트 진짜, 와! 이 사람들은 진짜 이렇게 해줄 사람들이에요!

전파를 가르는 태원의 목소리가 흥분으로 날뛰었다.

재건은 희미하게 웃으며 핸드폰에 귀를 기울이는 중이었다.

―특히 현대지존록이요, 네? 하 작가님, 비행기 편은 말할 것도 없고 중국 전 지역 숙소, 가이드, 차량, 그 외 자료 조사에 드는 돈 전부 다 제공하겠답니다. 그냥 몸만 오시면 된

다는 거죠, 네. 몸만요.

"권 대표님 갈수록 흥분하시는 모습 참 자주 봅니다."

ㅡ아니, 하 작가님. 제가 흥분을 안 하게 생겼어요?

"근데 대표님, 지금 너무 흥분하셔서 한 가지 중요한 사실을 잊고 계시는 것 같아요."

ㅡ중요한 사실이요?

재건이 소파에서 일어섰다. 빈 머그컵을 들고 커피메이커로 향하며 그는 나직이 덧붙였다.

"지존록 시리즈 판권이 어디 있는지 잊으신 것 같다고요."

ㅡ어? 아아……!

태원의 강렬한 침음이 전파를 헤집었다.

그의 넋이 나갔을 표정을 떠올리자 재건은 저절로 웃음이 났다.

"역시 잊고 계셨구나. 이야, 그토록 꼼꼼하신 권 대표님께서 이렇게 기초적인 부분을 잊어버리실 때도 있네요."

ㅡ이것 참, 그러게 말입니다. 아이고, 민망해라. 하 작가님 입장이 되어서 생각하다 보니 다른 부분을 전혀 생각 안 하고 있었네요. 나 참…….

"괜찮습니다, 대표님. 저 올해 서른 살인 거 아시죠?"

ㅡ당연히 알죠. 근데 하 작가님, 갑자기 나이는 왜……?

"제 담당 편집자셨으니까 지존록 시리즈가 언제 출간됐는지도 당연히 기억하실 거고요?”

—아아, 네……. 무슨 말씀이신지 알아들었어요. 아하하…….

뒤늦게 말뜻을 이해한 태원이 머쓱하게 웃음을 터뜨렸다. 재건은 머그컵의 커피를 휘휘 저으며 말을 이었다.

“그래서 조금 걱정됩니다. 지존록에 대해 기사가 나간 건 아니지만, 한중 문화 교류다 뭐다 해서 언론을 조금 타긴 했잖아요.”

—으음, 네. 박재국 대표님이 상도의가 있으신 분이라서 크게 걱정하실 일은 없을 것 같지만요…….

태원이 근심스럽게 말끝을 흐렸다.

오래도록 장르 소설 출판 업계에 몸담아 왔다. 지금 시점에서 재건에게 발생 가능한 여러 상황을 유추할 수 있는 능력이 있었다.

—특별히 다른 걱정은 하시지 마시고요. 어쨌든 오늘 저녁에 제가 하 작가님 댁으로 찾아뵐게요.

태원은 일단 말을 아끼고 인사를 고했다.

재건도 그러한 기색을 느꼈지만 더 묻지 않고 전화를 끊었다.

태원이 지금 말을 아끼는 이유는 불필요한 말이라 판단한 까닭일 테니까.

그리고 그날 밤.

스타북스 사무실에서는 난리가 났다.

"맙소사, 지존록에 대한 이야기를 했다고요?"

"네, 기사 보세요. 중앙 선전부장이란 사람이 지존록에 관해 언급했다잖아요. 이게 뭐겠어요, 이 대리님?"

말하고 난 고 대리가 심각한 표정으로 눈알을 이리저리 굴렸다.

맞은편에 앉은 이 대리도 마찬가지였다. 내일까지 편집을 끝내야 할 작품들 때문에 야근하고 있었던 두 사람은 뒤늦게 기사를 접하고 기겁한 상태였다.

"어떡하죠, 이 대리님?"

"뭘 어떡해요?"

"지금 편집장님께 보고를 드려야 할까요?"

"저한테 물어봐도……."

이 대리가 앞머리를 쓸어 넘기며 한숨을 뿜었다.

대표의 망나니 같은 아들이자 편집장인 경욱을 생각하는 것만으로도 속이 더부룩해지고 마는 것이다.

일찌감치 퇴근한 오늘도 어딘가에서 흥청망청 술이나 퍼마시고 있으리라. 그리고 내일 점심때가 한참 지나서야 출근하겠지.

"일단 전화 한 통은 해두는 게 좋겠죠? 보험으로."

"그래요, 그럼 제가 전화할게요. 욕을 먹어도 내가 먹지."

소미의 퇴사 이후, 이 대리와 고 대리는 제법 편안한 동료 관계로 발전했다.

피곤한 편집장 밑에서 일한다는 동병상련의 마음이 크게 작용했던 까닭이다.

'은근히 귀여운 데가 있어.'

이 대리는 두려운 표정으로 핸드폰을 꺼내 드는 고 대리를 보며 속으로 웃었다.

소심하고 유약하며 상사 비위를 맞추는 것이 지상 최우선의 임무였던 고 대리. 그랬던 그도 이제는 꽤나 변했다. 어느 정도 마음을 열고 친해지다 보니 인간적인 장점도 적잖이 보이기 시작했다.

"안 받으시는데요."

"톡이나 보내두세요. 뭐 어쩔 수 없는 일이죠."

메시지를 보내고 난 두 사람은 저녁을 먹기 위해 사무실을 나섰다.

엘리베이터에 막 올라탔을 때 고 대리의 핸드폰이 울렸다.

"앗, 여보세요. 편집장님?"

–이게 무슨 소립니까?

"그, 그게 내용 그대롭니다. 중국 쪽에서 하재건 작가님의 지존록 시리즈에 관심을 보이고 있는 것 같습니다. 이미 물밑에서 양쪽으로 오간 얘기도 있지 않을까 추측되고……."

–추측되고? 지금 그걸 말이라고 해요, 고 대리?

경욱의 목소리가 노기를 띠어가고 있었다. 벌써 술을 꽤나 마신 기색이었다. 이제 곧 호통이 떨어질 것을 예상한 고 대리는 두 눈을 질끈 감았다.

–그간 하재건이한테 연락은 해봤어요?

"네? 연락이요?"

–구관조처럼 되묻기나 할 겁니까!

"윽, 죄송합니다. 그게 주기적으로 안부차 연락은 드렸습니다만 받으신 적이 어, 없습니다. 선물을 보내드려도 바로 반송을 해버리시고……."

경욱은 쩔쩔매며 말을 이어가는 고 대리를 기다려 주지 않았다.

–뭘 말해도 항상 핑계야! 언제나 씨도 안 먹히는 변명이나 해대고 대체 매달 월급 가져가면서 하는 일이 뭡니까! 작가 관리는 당신 업무 기본 중의 기본이잖아!

"물론 알고 있습니다……! 하지만 다른 어지간한 작가님도 아니시고 워낙 인지도가…… 헙."

고 대리가 스스로 말실수를 했음을 깨닫고 제 입을 틀어막았다.

하재건이란 이름만 들어도 즉시 독사가 되어버리는 경욱이다. 그런 그의 앞에서 무심코 재건을 치켜세우는 듯한 표현을 해버렸다.

—하재건이 인지도가 높건 말건 그게 무슨 상관입니까! 작가가 다 똑같은 작가지, 어?! 그 인간은 스타북스 소속 아니에요?! 하재건도 우리 회사랑 계약하고 우리 회사에서 책 나오는 작가라고!

“네, 네…… 맞습니다. 편집장님 말씀대로입니다.”

고 대리는 마치 눈앞에 경욱이 있는 것처럼 고개를 조아리며 대꾸했다.

곁에 선 이 대리는 애틋한 시선으로 그 애처로운 몸짓을 바라보는 중이었다.

—당장 만나보고 상황 파악하세요. 올해 지존록 시리즈 순차적으로 계약 기간 만료되는데 어떻게든 3년 더 가져가야 됩니다.

“하지만 제가 무슨 수로 하 작가님을 만날 수…….”

—하재건 집 앞에 돗자리를 깔든가! 고 대리, 초등학생이에요?! 그런 자질구레한 일들까지 내가 일일이 일러줘야 하나?!

“아, 알겠습니다. 제가 어떻게든 해보겠습니다.”

혀를 차는 소리 끝으로 전화가 뚝 하고 끊겼다.

이 대리가 고 대리의 어깨를 다독이며 위로를 건넸다.

"원래 무능력한 사람들이 할 말 없어지면 목소리만 높여요. 마음에 두지 마세요."

"아하하……."

"오늘은 고 대리님 드시고 싶은 걸로 먹죠."

"입맛이 뚝 떨어졌네요. 그냥 이 대리님이 골라주세요."

식당으로 들어서면서 이 대리는 소미의 얼굴을 떠올렸다.

재건과 접점이 있는 그녀를 통하면 어떻게든 대화할 자리를 마련해 볼 수는 있을 듯했다.

하지만…….

'됐어, 누구 배불려 주고 누구 좋으라고…….'

이 대리는 고개를 절레절레 흔들었다.

정이 뚝 떨어진 회사의 내일보다 소미와의 우정이 그녀에게는 훨씬 더 소중했다.

BIG LIFE

이튿날 아침.

뜬눈으로 밤을 새운 고 대리의 두 눈이 토끼처럼 붉었다.

하염없이 벽시계만을 바라보던 그는 10시가 되자마자 재건에게 전화를 걸었다.

'제발 받아주세요, 하재건 작가님……!'

경욱이 출근하기 전에 최소한 통화라도 한 번은 해야 할 말이 생긴다.

고 대리는 새가슴을 부여잡은 채 울리는 다이얼에 귀를 기울이고 있었다.

–여보세요.

"하, 하재건 선생님이십니까?!

놀라서 되묻는 고 대리는 꿈을 꾸는 듯한 표정이었다. 이렇게 쉽게 재건이 전화를 받아줄 줄이야.

–네, 맞습니다. 고 대리님이시죠?

"아아, 네. 네……! 안녕하셨습니까? 그간 별고 없으셨습니까? 집필하시는 작품은 정말 즐겁게 잘 읽고 있습니다!"

–감사합니다. 고 대리님도 건강하시죠?

"네, 그럼요. 저도 건강합니다. 아이고, 제 건강도 염려해주시고 정말 감사합니다, 작가님."

고 대리의 가슴이 희망으로 부풀었다. 어쩐지 아침부터 일이 잘 풀릴 것 같은 좋은 예감이 들었다.

"저, 저기. 하재건 작가님, 다름이 아니라……."

–안 그래도 제가 직접 한번 연락을 드릴 생각이었습니다.

"네?"

–스타북스와 계약한 지존록 시리즈 말입니다. 완결권 기

준 3년이 되는 날짜부터 순차적으로 하나씩 출판권 회수하려고 합니다.

고 대리는 딛고 선 바닥이 사라지는 것을 느꼈다. 텅 빈 머리가 멍해지고 눈앞은 칠흑처럼 깜깜해졌다.

"하, 하재건 작가님……?!"

―통화로 고지했으니 메일도 한 통 드리겠습니다. 지금 메일도 쓰고 있었습니다. 전화 끊고 나면 스타북스 공용 메일 한번 확인해 주시면 감사하겠습니다.

"자, 잠깐만요! 하재건 작가님, 정말 바쁘시겠지만 아주 조금이라도 시간을 내주실 수 없으실까요? 언제 어느 시간이라도 저는 아무 상관없습니다!"

―죄송합니다. 고 대리님을 뵙더라도 달리 드릴 말씀이 없을 것 같습니다. 그래서 정중히 사양하겠습니다. 그럼 수고하시고 이만 끊겠습니다.

더 말을 붙일 틈도 없었다.

고 대리는 전화가 끊어진 핸드폰을 귀에서 뗄 줄도 모르고 우두커니 앉아 있었다. 뒤쪽에서 팔짱을 꿰고 지켜보던 이 대리가 물었다.

"뭐예요? 하재건 작가님이 뭐라시는데요?"

"지존록 출판권…… 회수하시겠다는데요……."

고 대리의 떨리는 손이 마우스를 잡았다. 메일함에 들어가 보니 과연 재건이 보낸 한 통의 메일이 가장 윗줄에 떠올라 있었다.

[작가 하재건입니다. 출판권 및 전자책 서비스 권한 회수 요청합니다.]

"아아……!"

고 대리의 입에서 침음이 새어 나왔다.

무림지존록, 현대지존록, 이계지존록 세 작품의 출판권을 계약 기간 만료일이 되는 즉시 회수하겠다는 내용이 그에게는 사형선고처럼 느껴지는 것이었다.

"어떡하지……! 편집장님이 오시면 이거 진짜 난리가 날 텐데……!"

고 대리가 제 머리를 뒤헝클며 중얼거렸다.

바로 그 순간.

"뭐가 난리가 난다는 건가?"

"대, 대표님……?!"

기척도 없이 등 뒤로 나타난 사람은 스타북스 대표 재국이었다. 최근 건강이 좋지 않아 회사에 나오는 일이 드물었기에 고 대리를 비롯한 직원들은 몹시 놀랐다.

"……!"

허리를 굽히고 모니터를 들여다본 재국이 두 눈을 부릅떴다. 이윽고 서서히 돌아간 두 눈은 경욱의 빈자리를 노려보고 있었다.

"편집장은 어디 갔나?"

"그, 그게 아직……."

재국이 성큼성큼 경욱의 자리로 향했다. 정리되지 않고 너저분한 책상을 내려다보며 그는 나직이 물었다.

"요즘 편집장 항상 이런 식이었나?"

"……."

"아니, 됐네. 일들 보게."

재국이 핸드폰을 꺼내 들었다. 간밤에 집에 들어오지 않은 아들은 몇 번을 걸어도 받지 않았다.

'이런 효자 상품을……! 안 돼!'

보통 판타지와 무협을 비롯한 장르 소설들은 출간된 당시에 반짝 팔리고 그걸로 끝이다. 시간이 지나면 판매량이 거의 바닥까지 떨어지고 마는 것이다.

하지만 재건의 작품은 달랐다.

스타북스와 계약된 지존록 시리즈는 아직까지도 꾸준히 좋은 판매량을 유지하고 있었다. 다른 소속 작가들의 열 작품, 스무 작품을 들이대도 지존록 시리즈 하나를 이기지 못했다.

햇수로 고작 3년 만에 하재건이라는 작가의 이름은 너무도 높아져 있었다.

생각 끝에 재국은 몸을 돌려세웠다. 전화 따위로 해결될 일이 아니었다. 대표인 자신이 직접 나서도 풀릴 확률은 극히 미미하다는 걸 알고 있었지만 그래도 일단은 나설 수밖에 없었다.

BIG LIFE

타다다닥! 타닥! 타다닥!

키보드를 두들기는 연우의 열 손가락은 거침이 없었다.

한없이 진지한 표정도 예전과는 사뭇 달랐다. 글을 쓰던 도중 한숨을 내쉬며 머리를 쥐어뜯는 모습도 더는 보이지 않았다.

"연우야, 점심은 먹고 써야지."

"먼저들 드시고 오세요. 저는 1만 자 쓰기 전에는 밥 못 먹습니다. 그렇게 스스로 정했어요."

"그러다 몸 상해. 영양은 챙기면서 쓰자, 응?"

"아침 왕창 먹고 왔어요. 뱃살도 좀 늘어서 고민하던 차였는데 잘됐죠, 뭐."

웃으며 말을 받으면서도 연우의 열 손가락은 계속해서 문장을 뽑아냈다.

작가인 아들이 자랑스럽다는 아버지께 더욱 당당해져야만 했다.

"그리고 재건이 형도 있잖아요. 재건이 형이 방에서 나오지도 않고 저렇게 열심히 쓰시는데 매니저가 혼자서 먼저 먹으러 갈 수 있겠어요?"

"하여간 하 작가님 엄청나게 챙겨. 완전 애인이야."

"애인이 아니라 매니저라니까요. 당연히 제가 불철주야 보필해 드려야죠. 여태까지 재건이 형이 저한테 해주신 게 얼만데요. 저 양심은 있는 사람입니다. 하하하."

연우의 쾌활한 웃음소리가 사무실 내부를 울렸다.

방에서 혼자서 글을 쓰고 있던 재건은 씁쓸히 웃었다. 연우의 말은 처음부터 끝까지 모두 그의 귀에도 들려왔다.

'대체 내가 뭘 해준 게 있다고…….'

좋은 사람이기에 그만큼 대해줬을 뿐이다.

특별히 해준 것도 없는데 주변의 여러 사람으로부터 분에 넘치는 감사를 받고 있다. 지금까지는 이런 감정이 괴롭지 않았지만 연우의 경우는 달랐다.

타다다닥! 타닥! 타다닥!

쉬지 못하는 재건의 열 손가락은 죄책감을 담고 있었다.

그 결과 시간이 날 때마다 구상하고 있었던 '사람의 악의'에 자신의 악의마저 들어가는 사태가 발생했다.

바쁘다는 핑계로 소중한 사람에게 무관심했던 본의 아닌 악의. 재건은 이 악의를 고스란히 글 속에 박제해 두었다.

'열심히 할게, 연우야. 너에게 보답할 길이 이것밖에 없다.'

죄책감이 원동력이 되어 재건의 등을 떠밀어주었다. 풍천유가 노벨문학상을 받았으면 좋겠다고 순수하게 소리치던 소년을 위해서 그는 부지런히 타자를 두들겼다.

바로 그때.

드르륵!

핸드폰이 울리며 모르는 번호로부터 전화가 걸려왔다. 재건은 받지 않았다.

그러자 잠시 후 메시지가 날아들었다.

-하재건 선생님, 저 스타북스 대표 박재국입니다. 직접 인사 한 번이라도 드리고 싶습니다. 부디 전화 한 통만 주십시오. 이렇게 부탁드립니다.

메시지에서 애타는 듯한 간절함이 느껴졌다.

재건은 오래 고민하지 않고 통화 버튼을 눌렀다. 스타북스의 일개 직원도 아니고 대표인만큼 직접 이야기를 해두는 편이 낫겠다는 판단이었다.

–여보세요! 아이고, 하재건 선생님!

"안녕하세요, 대표님."

–전화 주셔서 무척 감사드립니다. 어허허, 다망하실 텐데 무척 죄송합니다.

"지존록 시리즈 출판권 회수 문제로 전화 주셨죠?"

–으음, 네. 솔직히 말씀드리자면 그렇습니다. 좀 더 빨리 이야기를 하고 싶었는데 도통 연락이 닿질 않아서 말입니다. 그래서 솔직히 지금 래프북스 사무실 쪽으로 가던 길이었습니다.

"가실 필요 없으실 것 같습니다, 대표님."

재건이 단호한 어조로 말을 이었다.

"출판권을 회수하겠다는 제 마음은 변함이 없습니다. 정말 죄송하지만 그렇게 이해해 주시면 감사하겠습니다."

–하 선생님, 제가 어떻게 해드리면 마음을 돌리시겠습니까? 왜 바로 출판권을 회수하시려는 건지요? 불만족스러운 부분이 있으셨다면 기탄없이 말씀해 주십시오.

재국의 간절한 말을 들으며 재건은 뒷머리를 긁적였다.

아직 재국은 왜 출판권을 회수하려는 것인지 모르는 눈치였다. 틴센트 픽처스의 대표와 함께 중국 자본으로 영화화까지 확정되었다는 사실을 알면 뒤로 나자빠질지도 모른다.

"스타북스에 나쁜 감정은 없습니다."

불필요한 말은 꺼내지 않았다. 부하들을 아낄 줄 모르는 데다 여직원을 희롱하기까지 하는 저열한 인격의 편집장이 떠올랐지만, 그런 걸 굳이 언급할 재건이 아니었다.

"떠날 때가 되었으니까 떠나는 겁니다. 그렇게만 이해해 주세요."

―스타북스에서 해드릴 수 있는 것이라면 무엇이든 해드리겠습니다. 하재건 선생님, 아주 잠깐만이라도 좋습니다. 단 5분이라도 좋으니 시간 좀 내주실 수 없으시겠습니까?

"죄송합니다, 대표님. 스타북스가 더더욱 번창하길 빌겠습니다. 이만 끊겠습니다."

―아이고, 하 선생님……!

재건은 일말의 여지도 남기지 않고 전화를 끊었다. 핸드폰을 뒤집은 손은 다시금 키보드 위로 올라갔다. 새로이 태어날 지존록 3부작의 시놉시스는 차곡차곡 완성되고 있었다.

BIG LIFE

"5만 부씩 찍어요……!"

재국이 사무실을 떠나고 난 직후, 경욱은 벌겋게 달아오른 얼굴로 씩씩거리며 직원들에게 말했다. 뿜어져 나오는 숨결에서 술 냄새가 진동하고 있었다.

"대여점이 아니라 서점용으로 찍어요. 전부 5만 부씩 양장본으로! 하드커버! 알아들었습니까?"

"하, 하지만 편집장님……?"

얼어붙듯이 선 고 대리가 침을 꼴깍 삼켰다.

재국의 호통은 사무실 전체가 떠나갈 듯 컸기에 그를 포함한 모든 직원이 들었다. 재국은 분명히 이제 그만 재건을 놔주라고 말했었던 것이다.

겁에 질린 고 대리 대신 이 대리가 나섰다.

"편집장님, 대표님께서는 규정대로 출판권을 돌려드리라고 하셨는데요. 어떻게 5만 부씩 찍으라는 말씀이신지……?"

"이 대리까지 이렇게 머리가 안 돌아갑니까?"

경욱이 성난 얼굴로 쏘아보며 다그쳤다.

"출판권 회수하기 전에 최대한 한 푼이라도 더 뽑아먹어야 할 거 아닙니까! 당장 표지 디자인부터 들어가시고 집중적으로 마케팅하세요! 하루가 급하니까 다른 일 다 제쳐 두고 서둘러야 된다고요!"

"그렇지만 대표님의 말씀이……."

"제가 다 책임집니다! 스타북스 대표이기 이전에 제 아버집니다! 제가 알아서 할 테니까 당신들은 시키는 대로 5만 부씩 찍기나 하란 말입니다! 아시겠습니까!"

경욱이 거의 발작하는 사람처럼 소리쳤다.

이 대리도 더 이상은 대꾸하지 못하고 자기 자리에 몸을 앉혔다.

고작 단 한 사람 때문에 한없이 싸늘해진 사무실은 쥐 죽은 것처럼 고요하기만 했다.

121장

허락하셨을 리가 없지

"아이고, 재인아. 네 엄마 하도 긴장해서 뻣뻣하게 있었더니 목에 담 들렸나 보다."

"엄마도 하여간 엄살은. 내가 좀 주물러 줄까?"

"농담한 거야. 너도 얼른 옷 갈아입고 씻어야지."

규호의 저녁 식사 대접을 받고 돌아온 참이었다.

여전히 명자에게는 규백이나 규호나 어렵기만 한 상대였다.

오늘도 값비싼 음식을 먹었지만 무슨 맛이었는지 기억나지 않았다. 식사 내내 앉았던 바닥도 가시방석 같기만 했다.

'여느 사람들은 평생 한 번 만나보기도 힘들 재벌가 사위라니. 우리 재인이가 행복하게 잘 살 수 있을까?'

걱정을 입 밖으로 내지는 못하고 속으로 삭이는 명자였다. 그녀가 아는 재벌가의 세계는 드라마에서 본 것이 전부였다.

제아무리 허구의 이야기라지만 정말 완전히 허구일까?

우리 예쁜 딸도 재벌가에 시집가서 온갖 말 못 할 고생만 하고 시름시름 앓게 되는 건 아닐까?

"엄마, 엄마."

"어? 으응?"

"무슨 생각을 그렇게 하셔. 얼른 외투부터 벗으시라고."

"아, 그래……."

명자가 혼자만의 한숨을 몰래 내쉬며 안방으로 향했다.

그사이에 재인도 옷을 갈아입고 몸을 씻었다. 머릿수건을 하고 거실로 나온 그녀는 콧노래를 흥얼거리고 있었다.

'행복해.'

아직도 아침에 일어나면 꿈일까 싶을 정도로 행복한 나날이었다. 사랑하는 규호와의 결혼 날짜는 현실이 되어 시시각각 다가오고 있었다. 가끔 그날이 오기 전에 지구가 멸망하는 건 아닐까 하고 재인은 종종 쓸데없는 망상까지 하곤 했다.

'아, 맞다. 오늘 재건이 무슨 특집 생방송 한댔는데.'

재인이 서둘러 리모컨을 잡았다.

TV를 켜고 채널을 한참 돌린 끝에 그녀는 반색하며 무릎을 세우고 앉았다.

진행자와 기자들로 구성된 생방송은 이미 시작한 상태였다. 오늘 이 프로그램에서 중점적으로 다루는 화제의 주역은 재건이었다.

[하재건 작가의 상승세가 올해에도 무섭습니다. TV 방송에 모습을 드러내기 전까지는 하재건 작가는 정말 한 사람 맞냐? 혹시 이름만 하재건 작가 하나고 실은 여러 작가로 구성된 팀 아니냐? 이런 루머도 많았는데요.]

[그런 루머가 나올 만도 합니다. 일단 집필하는 속도가 굉장히 빠르거든요? 지금껏 써낸 거의 모든 작품이 상업성과 작품성 두 마리 토끼를 모두 잡았고요. 심지어 지금 인터넷에 하재건을 검색하면 나오는 게 한두 가지가 아니죠.]

[네, 최근 화제가 되고 있는 것이 우선 80만 부를 돌파한 단편 소설집 마켓 플레이스, 그리고 넥션에서 발표한 온라인 게임 더 브레스도 있고요. 하지만 뭐니 뭐니 해도 가장 크나큰 화제는 역시 질풍노도의 무서운 흥행 아닌가요?]

[그렇습니다. 지난주 주말을 기점으로 한국에서 1,000만 명의 관객을 돌파했습니다. 사실 한국에서 1,000만 명도 대단한 수치지만 이게 중국에서는 지금 9,000만 명이 넘는 관객이 들고 있거든요?]

[9,000만 명이죠, 기자님? 900만 명이 아니라 9,000만 명이란 말씀이시죠?]

[이미 아시면서 모르시는 척, 하하. 네, 이게 거의 대한민국 전체 인구수의 두 배에 해당하는 어마어마한 수 아닙니까. 게다가 질풍노도가 말입니다. 중국 자본으로 제작되었다고는 해도 배우들이 한국어로 연기하는 한국 영화거든요?]

[네, 그렇죠. 주인공 중 한 명인 양잉 씨는 중국어를 구사했고 중국인으로서 연기했지만 누가 봐도 질풍노도는 한국 영화지요.]

[중국 입장에서는 이게 외국 영화입니다. 외국 영화가 중국에서 관객 수 9,000만 명 이상이라는 건 전례가 없는 일이에요. 제가 명확한 예시를 하나 들어보겠습니다. 괴요기라는 중국 영화가 있는데 이게 중국에서 역대 흥행 순위 2위를 기록했거든요? 관객 수가 6,500만 명이었습니다. 이번에 질풍노도가 인기몰이를 하면서 3위로 밀려났죠.]

[엄청납니다, 박 기자님. 2위와의 격차가 거의 2,500만 명 이상이나 난다는 말씀이신데요.]

[네, 정말 엄청난 거죠. 괴요기가 중국에서 최초로 6,000만 명을 돌파했던 영화라고 당시 굉장히 시끄러웠었어요. 이러한 수치들이 일러주는 바가 많습니다. 중국의 영화 시장이 날로 커져 가고 있다는 거죠. 올해 2월에는 중국 영화 시장

월간 흥행 수입이 신기록을 경신해 세계 1위를 차지했구요.]

[네, 지금 박 기자님 말씀하시는 부분 해당하는 자료가 준비되어 있지요? 자, 화면을 보시면요. 중국 국가 영화 자금 판공실에서 인용한 자료인데요. 한 달간의 수익이 약 68억 위안, 한화로 1조 2,000억 원에 해당하는 금액이고요. 관객 수로 따지자면 약 1억 9,200만 명, 그러니까 거의 2억 명쯤 되네요.]

[더더욱 기겁할 만한 부분은요. 중국은 아직 1인당 연간 영화를 보는 횟수가 1.7회, 한 마디로 2번도 안 보거든요. 이 얼마나 막대한 잠재력입니까? 여기서 하재건 작가의 무협 소설 얘기를 안 할 수가 없습니다. 사실 제가 팬이기도 하지만…….]

"뭐니? 재건이 얘기야?"

"응, 엄마. 옆에 앉으셔서 나랑 같이 봐."

"그래, 사과 좀 가져오고."

명자가 사과를 가져오는 사이 재인은 한순간도 TV에서 시선을 떼지 않았다.

기자의 목소리가 점점 더 열을 띠어가고 있었다.

[무협 소설 이거 발원지가 중국입니다, 중국이요. 하재건

작가가 풍천유란 필명으로 무협 소설을 여러 권 썼거든요? 틴센트고 뭐고 중국 쪽에서 이런 거 가져가야 돼요. 하재건 작가는 이미 자신의 가능성이나 저력 이런 걸 충분히 입증했거든요?]

[네, 얼마 전에 있었던 한중 문화 교류 회동에서도 지존록에 관한 이야기가 오갔지 않았습니까. 지존록에 관한 이야기가 오간 것은 맞지만 아직 확정된 바는 아무것도 없다. 이것이 하재건 작가와의 전화 인터뷰 내용이었는데 여기에 대해서 박 기자님은 어떻게 생각하시는지요?]

재인이 자기도 모르게 피식 웃었다.

재건의 누나인 만큼 그녀는 답을 알고 있었다. 절로 근질거리기 시작하는 그녀의 입 속으로 명자가 사과를 쏙 넣어주었다.

“재건이 오늘 집에 들렀다 간대니?”

“모르겠어. 생각난 김에 지금 통화해 봐야겠다.”

재인이 핸드폰을 집어 들었다. 그러나 번호를 누르려는 순간 한발 먼저 전화가 걸려왔다.

“양반은 못 돼요, 우리 하재건 작가님.”

–뭐야? 엄마하고 내 흉 보고 있었구나?

“흉은 무슨, 지금 이슈 플러스 보고 있었어. 너 중국에 지존록 내야 된다고 여기 패널이랑 진행자 난리도 아냐. 혹시 너도 보고 있어?"

—아니, 난 시놉시스 좀 보고 있었어. 내일 텐센트 사람들 만나기 전에 최종 점검은 확실히 해놔야지. 그래서 미안한데 누나, 오늘 집에는 못 가 보겠다.

"미안하긴 뭐가 미안해. 내일 멀리 떠나는데 오늘은 좀 일찍 자둬. 아, 재건아. 엄마가 자꾸 바꿔달라고 내 옆구리 콕콕 찌르신다. 기다려."

"여보세요? 우리 아들, 밥은 먹었어? 아프지는 않고?"

핸드폰을 넘겨받은 명자가 건강을 시작으로 온갖 안부를 묻기 시작했다.

재인은 히죽 웃으며 TV의 볼륨을 살짝 줄였다. TV에서 흘러나오는 동생 얘기가 실제로 듣는 동생의 목소리보다 좋을 까닭이 없으니.

BIG LIFE

"어머님이셨어?"

"어, 중국 간다고 이것저것 걱정이 많으시네."

수희의 물음에 핸드폰을 내려놓으며 재건이 대답했다.

지존록 시리즈를 개작하기로 결심한 시점이다. '현대지존록'에 쓸 자료를 조사하기 위해 내일 중국으로 가게 됐다.

재건이 준비한 것은 그다지 크다고 볼 수 없는 여행용 가방 하나가 전부였다.

비행기 티켓에서부터 현지 차량 및 숙소 등등 모든 부분에 이르기까지 틴센트 측에서 준비해 주었다. 덕분에 재건은 홀가분한 심정이었다.

"짐도 다 쌌고. 내일 아침에 권 대표님이 데리러 오신다고 하셨으니 그 전까진 시놉시스나 손보면 되겠네."

"조금이라도 잠은 자야지."

"비행기 안에서 자면 되지."

말은 그렇게 하지만 사실은 서건우의 머그컵을 믿고 있었다. 밤샘 작업을 하더라도 아침에 머그컵으로 커피 한잔을 하면 말끔히 회복할 수 있다.

이런 비현실적인 얘기를 수희에게 할 수 없다는 점이 안타까울 뿐.

타다다닥! 타닥!

타다닥!

재건이 모니터 화면에 두 눈을 들이박은 채 타자를 두들기기 시작했다.

얼마나 시간이 흘렀을까.

나지막한 한숨과 함께 수희의 중얼거림이 귓가로 들려왔다.

"너무해, 하재건."

"응? 뭐가?"

"정말 밤새 글만 쓸 거야? 내일 떠나는데?"

"살러 가는 것도 아니고 3주면 돌아오는데 뭘 그렇게……."

뒤를 돌아본 재건은 말을 잇지 못했다.

꼿꼿이 선 수희가 머리를 하나로 묶어 올리는 중이었다. 입고 있었던 스커트는 어느새 발목까지 내려가 있었다.

"나 이제 샤워할 거야."

수희가 도발적인 눈빛을 던지며 싱긋 웃었다. 머리를 묶을 때 드러나는 새하얀 목덜미를 재건이 좋아한다는 걸 그녀는 잘 알고 있었다.

"등에 크림 발라주면 나도 등 밀어줄게."

"어? 어."

재건이 머뭇거리지 않고 일어섰다.

함께 욕실로 들어섰다가 침대로 가기까지 몇 번의 폭풍이 몰아쳤을까.

수희에게 팔베개를 해주고 나란히 누운 재건은 동이 트도록 서건우의 머그컵을 사용하지 않았다. 세상에서 가장 편안하고 행복한 휴식은 수희의 품이었다.

[단독, 하재건 조용히 중국 방문! 국빈급 대우 포착!]

[베이징 서우두 국제공항 현장, 보안 요원만 100명 단위]

[틴센트 측에서 하재건에게 제공한 차량 리스트, 9억 원이 넘어?]

[하재건과 류바우 중앙 선전부장의 반가운 악수, 대체 무슨 얘기들을 하길래?]

[하재건 머무르는 호텔 룸 하룻밤 숙박비가 470만 원?!]

[틴센트 픽처스 측 담당자, '하재건 작가 방문은 단순한 여행일 뿐']

'기자들 하여간 엄청나게 빠르네.'

철로 위를 달리는 오후의 지하철 내부.

문 옆에 선 민호는 핸드폰을 들여다보며 혀를 끌끌 찼다. 같은 사무실 식구인 만큼 재건의 중국 방문을 알고 있다.

민호는 스타북스 작가 모임에 가는 길이었다.

솔직히 말해서 가고 싶은 마음은 전혀 없었다. '이계대마왕' 이후 모든 작품은 래프북스를 통해서 출간되고 있다. 성적이 부진했던 구작 하나를 빼면 스타북스와의 접점은 없었다.

'이 대리님의 초청만 아니었으면 갈 이유가 없지……. 젠장, 고 대리나 하여간 다른 사람이 전화했으면 단박에 거절했을 텐데.'

스타북스와 계약했을 당시 이 대리는 여러모로 민호의 편의를 봐주었다. 그런 이 대리로부터 작가 모임에 와달라는 전화를 받았다. 인정과 의리 때문에 자기도 모르게 그녀의 청을 수락했던 것이다.

장소는 예전에도 스타북스 작가 모임이 이뤄졌던 한정식 전문점이었다.

문을 열고 들어서니 제법 일찍 왔는데도 작가들이 꽤나 와 있었다.

그중 몇몇 아는 작가를 발견한 민호가 손을 들어 보이며 다가섰다.

"이야, 강민호 작가님. 장가가시더니 혈색이 엄청 좋아지셨네요?"

"말씀 감사합니다. 요즘 걱정이 없어서 그런지 자꾸 배만 나옵니다. 하하하."

"래프북스에서 나온 작품들 전부 읽었어요. 너무 부럽습니다, 강 작가님. 그렇게 예쁜 여성 작가랑 결혼도 하시고, 작품도 잘 팔리고, 이제 걱정이 없으시겠어요."

"재능이 없으니까 그냥 꾸역꾸역 쓰기나 하는 거죠 뭐. 요즘 사실 시기가 좋잖아요. 막말로 일기만 꾸준히 써도 돈이 되는 웹 소설 시대란 얘기까지 도는 상황인데요.”

민호는 이런저런 대화를 나누면서 이 대리를 비롯한 스타북스 직원들과도 인사를 나눴다.

시간이 지나 작가들이 전부 모였고 편집장 경욱이 인사말을 시작했다.

‘이게 다야……?’

어딘가 휑한 내부를 돌아보며 민호는 고개를 갸웃거렸다.

착각이 아니라 확실히 줄었다. 예전에 재건과 만났던 작가 모임 때의 절반을 가까스로 넘기는 머릿수였다.

‘확실히 스타북스가 요즘 많이 약해졌나 본데. 히트작도 좀처럼 안 나오는 기색이고.’

민호는 경욱의 인사말을 한 귀로 흘리며 한 모금의 술을 목젖으로 넘겼다.

예전과 달리 술맛이 좋았다. 작가 모임도 이렇게 즐거운 자리가 될 수 있음을 지금의 그는 충분히 만끽하고 있었다.

“강민호 작가님, 안녕하십니까. 저 편집장 박경욱입니다.”

식사가 본격적으로 시작된 이후, 작가들 사이를 분주히 돌며 인사하던 경욱이 민호의 옆으로까지 찾아왔다.

민호는 머쓱하게 웃으며 고개를 까닥였다.

“네, 안녕하세요.”

“마왕재림 이후로 아주 재미있게 보고 있습니다. 시원시원한 전개가 참 좋습니다. 대단하십니다.”

“고맙습니다. 그리고 죄송합니다. 다른 곳에서 책을 내고 있는데 제가 와도 되는 자리인지 잘…….”

“무슨 말씀이세요? 이계대마왕 저희와 계약하셨잖습니까. 그 이후 다른 업체와 계약을 하셨건 말건 그런 건 전혀 상관없습니다. 조금도 신경 쓰시지 마세요. 한잔 받으시죠.”

경욱이 친히 민호에게 술을 따라 주고는 말을 이었다.

“언제라도 좋습니다. 다시 저희 스타북스에도 작품 하나만 맡겨주시면 참 기쁠 겁니다.”

“아하하…….”

무슨 말을 할 수 있을까.

민호는 고개를 살짝 떨어뜨린 채 의미 없는 웃음을 흘렸다.

“작품 있으시면 하나만 주세요, 강 작가님. 섭섭하시는 일 없도록 제가 잘 챙겨드리겠습니다. 자, 건배하시죠.”

“네, 감사합니다.”

인사를 마친 경욱은 다시 일어서서는 다른 작가들에게로 영업을 하러 떠났다.

어느새 민호의 입가에서는 웃음이 말끔히 지워져 있었다. 이상하게 경욱이라는 편집장은 인상부터가 마음에 들지 않았다.

"맞다, 강민호 작가님."

곁에 앉아 있던 한 작가가 넌지시 입을 열었다.

"하재건 작가님하고 같은 사무실에서 일하시잖아요?"

"으음, 뭐…… 매일은 아니구요."

민호는 말끝을 대충 얼버무렸다.

재건과 같은 사무실에서 일한다고 하면 온갖 귀찮은 질문 혹은 부탁들이 쏟아져 들어오기 때문이다. 그래서 가능하면 피하고 싶은 화제였다.

"지존록 시리즈 이번에 양장본으로 나가는 거요. 대체 뭐 때문에 갑자기 그렇게 된 걸까요?"

"네……?"

민호가 뜨악한 표정으로 술잔을 내려놓았다.

"지존록 시리즈가 양장본으로 나간다고요?"

"네, 서점용으로 5만 부씩 찍었다던데요? 고 대리님하고 친분이 있어서 얘기 좀 들었는데. 올해 하 작가님이 출판권 회수하신다면서요? 이거 지존록으로 또 뭔가 만듭니까?"

그렇게 말하며 작가가 민호에게로 핸드폰을 불쑥 내밀었다.

과연 그가 말한 대로였다.

지존록 시리즈 양장본에 대한 인터넷 배너 광고가 액정을 가득 채우고 있었다.

과연 재건이 이 사실을 알고 있었을까?

"그러게요, 저도 그거 보고 좀 궁금했습니다."

"혹시 요전에 중국 대표단이랑 있었던 회담하고 관련 있나요?"

"강 작가님은 뭐 아시는 거 있으시죠? 궁금한데 말씀 좀 해주세요. 네?"

작가들이 이것저것 물었지만 민호가 대답할 수 있는 부분은 없었다. 실제로 아는 바도 없었고 알더라도 쉽게 말해줄 입장이 아니다.

"죄송합니다, 저는 잘 모르겠습니다."

작가들의 낯이 실망의 빛으로 물들었다.

그에 아랑곳없이 민호는 나름대로 생각에 잠기고 있었다.

'5만 부씩이라니. 이거 엄청난 양인데…….'

양장본으로 재출간되는 지존록 시리즈 중 첫 번째인 '무림지존록'은 총 10권으로 완결되었다.

권당 5만 부씩 찍는다고 하면 총 50만 부의 어마어마한 양이 된다. 현재의 어려운 출판 시장에서 미친 짓이라는 소리를 듣기에 모자람이 없는 막대한 부수인 것이다.

작가가 하재건이니까 망정이지, 아니었다면 스타북스가 돈을 내다 버리려고 작정했다며 다들 혀를 찼을 터였다.

'스타북스에서 임의로 찍은 건가? 50만 부나 찍어서 재출

간될 정도면 말씀을 하셨을 텐데. 요즘 중국에도 가셔야 하고 이래저래 바쁘셔서 잊고 넘어가신 건가?'

민호는 생각이 난 김에 물어볼 작정으로 일어섰다.

조용한 바깥으로 자리를 피해 재건에게 전화를 걸었지만 통화음만 길게 울릴 뿐 받지 않았다.

'바쁘신가 보네. 나중에 다시 걸어봐야지.'

핸드폰을 주머니에 넣고 돌아서는 순간, 바깥으로 나온 경욱이 담배를 꺼내 들며 민호에게 다가왔다.

"아이고, 담배 태우시러 나오셨습니까?"

"아닙니다. 끊었습니다."

"그러시군요. 저는 영 끊기가 어려워서요. 하하하."

웃기지도 않는데 웃는 경욱에게 민호는 좀처럼 친근감을 느낄 수가 없었다. 무의미하게 웃어준 후 지나치려는 참에 경욱이 재차 말을 걸어왔다.

"강민호 작가님, 아까 드렸던 말, 인사치레 아닙니다."

"네?"

"작품 있으시면 하나만 맡겨주세요. 스타북스도 온라인 마케팅 제대로 자리 잡았습니다. 래프북스만 잘나가는 거 아닙니다. 최고의 대우로 모시겠습니다."

"아아, 그건……."

경욱이 다소 집요한 눈빛으로 한 걸음 더 다가섰다.

"래프북스는 영업 방식이 어떻게 됩니까? 혹시 계약한 작가 스토리도 짜주고 그러나요?"

"아니요, 뭐…… 막히면 소속 작가님들이나 대표님과 상의를 하는 정도고 특별히 스토리를 짜준다거나 그러진 않습니다."

"즉 글이 막힐 때도 강민호 작가님 혼자서 돌파하셔야 된다는 그런 말씀이시네요? 주변의 아무런 도움도 없이?"

경욱이 기다렸다는 듯이 즉시 물었다.

참으로 극단적인 결론이어서 민호는 할 말이 없었다.

그 침묵을 수긍으로 착각한 경욱의 목소리가 고조되고 있었다.

"스타북스 편집부는 제가 편집장 자리를 맡게 된 이후부터 완전히 일신했습니다. 방금 전에 말씀드렸던 스토리라든가, 그 외에 다방면에 걸쳐서 작가님들 편의를 최대한 봐드리고 있습니다. 필요하시다면 사무실도 제공해 드리고요."

거기까지 말하던 경욱이 제 이마를 딱 치고는 웃었다.

"아, 강민호 작가님은 이미 사무실이 있으셨지. 거기 하재건 작가님도 같이 계신다지요? 실제로 하 작가님이 같은 공간에 계시니까 도움은 받으십니까?"

"그 사무실을 사용한다는 것부터 하 작가님의 도움을 받는 거죠."

"그런 건 저희도 해드릴 수 있다니까요. 전 그 뭐냐, 오해하지 마시고 들어주셨으면 합니다만. 사실 하 작가님만큼이나 유명한 작가님과 같은 공간에서 글을 쓰시면 도움보단 손해가 많을 수도 있지 않을까, 그런 생각을 좀 했습니다."

"손해가 많다고요?"

"네, 예전에도 그런 케이스의 사무실을 몇 군데 봤거든요. 오히려 주눅이 들어서 자기 글을 잘 못 쓰게 되는 작가님이 여럿 계시더라고요. 그리고 뭐 유명한 작가들은 권위적이잖아요. 사무실 잡일들은 죄다 다른 작가에게 맡기고 거드름이나 피우고. 이래서 되겠습니까? 아, 하재건 작가님이 그렇다는 말은 아닙니다. 하하하."

민호는 급속도로 속이 거북해졌다.

우회적으로 말하곤 있지만 실상 재건의 존재를 부정적으로 거론하고 있는 것이다.

"죄송한데 제가 집에서 자꾸 전화가 와서요."

전화가 오지도 않은 주머니 속의 핸드폰을 붙잡으며 민호가 곤란한 척 말했다.

"전화 좀 받고 나서 안으로 들어가겠습니다."

"아, 네. 그러세요, 강 작가님."

자리를 피해 시간을 때우고 난 민호는 한참이 지나 식당 안으로 돌아갔다.

작가들을 모아놓고 열변을 펼치는 경욱이 보였다.

"……그리고 작가님들, 이 유명한 작가의 권위라는 것도 피곤하죠. 사실 판타지나 무협은 무슨 예술 작품이 아니잖습니까? 한번 봤을 때 술술 넘어가고 재미있으면 그걸로 제 소임을 다한 거예요. 근데 유명 작가들은 장인처럼 공들여서 써야 한다고 곧잘 주변 작가들에게 훈장 노릇을 하거든요. 자기들도 보통 운이 좋아서 한 번 크게 뜨고 만 경우가 많은데 말이에요."

편집장의 말이라고 두 귀를 쫑긋 세우며 경청하는 작가들도 여럿 보였다.

민호는 제 자리로 가려다 말고 다시금 발길을 돌렸다.

'알겠네…….'

민호의 가슴 안에서 결론이 내려졌다.

경욱은 작가를 상품으로 보는 사람이다.

밑도 끝도 없이 밀려들던 거북함은 바로 여기에 있었다. 더는 이 작가 모임에 있어야 할 이유를 찾을 수가 없었다.

'하 작가님이 허락하셨을 리가 없지.'

민호는 핸드폰을 꺼내 재건에게 메시지를 보냈다.

그런 다음 자신을 초대해 준 이 대리에게도 메시지를 이어서 적은 다음 서둘러 자리를 떴다.

122장

격조하였소

타다닥! 타다닥! 타닥!

창가에 커튼을 드리운 룸 내부는 어두웠다.

재건은 시간의 흐름을 잊고 타자를 두들기고 있었다. 중국까지 왔지만 한국에서와 다를 바가 없는 모습이었다.

'좋아! 이 장면은 어제 다녀왔던 이화원 앞쪽 풍경을 참고해서 쓰면 되겠고…… 십칠공교였나. 그 다리 위에서 격투하는 장면도 제법 그림이 나오겠어.'

재건은 애초에 새로이 개작할 '현대지존록'의 주요 배경을 베이징과 상하이로 결정지었다.

3주 안에 충분히 돌아볼 수 있을 듯했다. 조금 더 시일이 걸려도 문제될 것 없었다. 벌써부터 수희가 보고 싶어서 괴로운 점을 빼면.

'너무 융숭한 대접을 받는 것 같은데.'

공항에서부터 펼쳐진 대대적인 환영은 빙산의 일각이었다. 중국 정부와 틴센트 측의 극진한 대접은 상상 이상이었다.

혼자 지내기엔 지나치게 넓어서 수시로 화장실 가는 길을 잃어버릴 지경인 호텔 룸.

몸을 싣기도 부담스러운 고급 차량. 안내와 통역을 비롯해 자질구레한 의식주 관련 온갖 신변잡기를 챙겨주는 수행원에 이르기까지, 그야말로 모든 것이 한마디 말이면 손안에 들어오는 환경이었다.

'감사하긴 한데 너무 부담스러워.'

재건은 자신에게 주어진 풍요로운 여건이 마냥 좋지 않았다.

호텔이야 이미 잡아줬으니 어쩔 수 없다지만 차량은 거의 쓰지 않았다. 직접 대중교통을 타고 이곳저곳 움직이면서 소설 속 주인공과 시선을 맞추기 위함이었다.

'후, 조금 쉬어야겠다.'

시간은 어느새 오후 3시를 넘어가고 있었다.

커피 한 잔을 마시며 소파에 앉아 있으려니 옆방에서 업무를 보고 있던 태원이 나왔다.

"쉬시려고요, 하 작가님?"

"네, 오늘 조금 집중이 안 되네요."

태원은 대답 대신 쓴웃음을 지었다. 재건의 집중력이 적잖이 저하된 이유를 알고 있기 때문이었다.

"많이 속상하시죠?"

"솔직히 아니라면 거짓말이죠."

두 사람은 스타북스에서 지존록 시리즈가 재출간된다는 소식을 어젯밤에 알게 됐다. '무림지존록'부터 완결권까지 총 50만 부를 찍는다는 소식을 들었을 때 재건은 한참이나 망연자실 할 말을 잃었다.

"스타북스 대표님이 저하고 통화까지 했는데, 이렇게 될 줄은 몰랐네요."

재건은 제대로 뒤통수를 얻어맞은 느낌이었다.

상도의를 아는 대표라던 태원의 말도 있었고 해서 별일 없으려니 안심하고 있었다.

그런데 난데없이 양장본 5만 부 세트라니. 출판권 회수를 앞두고 지나치게 노골적인 장삿속이 아닌가.

"저도 왜 이렇게 된 건지 정확히는 모르겠습니다만……."

답답한 심정은 말끝을 흐리는 태원도 매한가지였다.

계약서에 소설의 판형 혹은 조판에 관한 변경을 작가와 상의해서 결정해야 한다는 조항은 없다. 출간하기 이전에 작가에게 고지해야 한다는 규정도 마찬가지다.

비단 스타북스뿐만의 얘기는 아니었다. 장르 소설 쪽으로 한정하지 않더라도, 책을 찍기 전에 작가에게 일일이 동의를 구하는 출판사는 현실적으로 없다.

법적으로 대응해 봤자 양쪽 다 시궁창에 빠지게 될 뿐이다. 오래도록 출판 업계에 몸담아 왔던 태원으로서도 뾰족한 묘안이 없는 상황이었다.

드르륵!

탁자 위의 핸드폰이 울렸다.

태원은 액정의 번호를 확인하자마자 즉시 전화를 받았다.

"네, 권태원입니다. 아, 지금 로비시라고요? 저도 지금 하 작가님과 함께 있습니다. 올라오시지요, 네. 기다리고 있겠습니다."

그로부터 얼마 후, 재건과 태원이 머무는 호텔 룸에 한 사람의 방문자가 찾아왔다.

꼼꼼하고 야무진 인상을 한 40대 후반의 사내였다. 텐센트 문학 전략 기획 담당부장 린민홍이었다.

"안녕하세요, 선생님. 호텔은 마음에 드시는지 모르겠습니다."

"너무 좋습니다. 제가 길치라서 가끔 헤매는 것만 빼면요. 이렇게 넓은 호텔은 처음 묵어봅니다."

재건은 적당한 너스레로 린민홍의 기분을 띄워주고는 자

리를 권했다.

린민홍은 한국어를 유창하게 구사할 줄 아는 사람이었다. 덕분에 통역도 없이 편안하게 대화할 수 있어서 좋았다.

"추가로 보내주신 현대지존록 개요는 잘 읽었습니다. 무척 재미있었습니다."

"감사합니다. 부장님께서 그렇게 말씀해 주시니 마음이 편합니다."

"그런데 말입니다, 하 선생님……."

린민홍이 조심스레 말을 이었다.

"현대지존록의 주인공이 여전히 한국인이던데요."

"네, 그렇습니다만 뭔가 문제라도……?"

"아니요, 선생님. 문제라거나 그런 것이 아니고요."

린민홍이 민망한 웃음을 빼물고 손을 가로저었다.

"현대지존록의 배경을 기존의 한국에서 중국으로 교체하면서 자연스레 주인공도 중국인이 될 거라고 생각했습니다. 그래서 여쭤보는 겁니다."

"아아, 네. 배경은 중국이지만 주인공은 그대로 한국인인 걸로 정해졌습니다. 취업차 중국에 온 한국인 청년이죠."

린민홍은 이마에 깊은 주름을 만들며 곤란한 심정을 표했다.

재건이 뭐라 묻기 전에 그가 먼저 입을 열었다.

"정말 죄송스런 말씀이지만 재고해 주실 수 없으시겠습니까?"

"현대지존록 주인공을 중국인으로 바꿔달란 말씀이십니까?"

"그렇습니다. 우선 미리 고지를 해드리지 못하고 뒤늦게 말씀을 드리는 제 불찰에 대해 사과드립니다. 그렇지만 주인공은 중국인이어야 합니다. 소설로만 끝날 콘텐츠가 아니라서요. 영화화가 될 경우 배우도 고려를 해야 하고요."

"저도 전부 생각하고 이렇게 쓰는 중입니다."

재건은 부드럽게 웃으면서도 즉시 제 견해를 내놓았다.

"소설 1부인 무림지존록의 주인공이 이미 중국인입니다. 현대지존록의 주인공마저 중국인이 되면 3부에 해당하는 이계지존록에서 활용할 수 있는 양질의 에피소드를 상당수 죽여야만 합니다. 서로 다른 나라에서 태어난 두 주인공이 처음에는 부딪치다가, 종래엔 서로를 이해하게 되는 그런 갖가지 재미있는 얘기들이요."

거기까지 말하고 난 재건은 속으로 덧붙였다. 소설로는 '이계지존록'이 가장 안 팔렸지만 영화로 나가게 되면 얘기가 달라질 거라고.

더불어 재건에게는 '현대지존록'의 주인공을 한국인으로 설정해야 할 이유가 있었다. 이 역시 아직은 린민홍 앞에서 언급하기는 이르다는 판단이라 말을 아끼고 있는 터였다.

"으음, 네…… 그럼 이것은 우선 저도 대표님께 보고를 올리고 다시 말씀을 드리도록 하겠습니다."

"부탁드리겠습니다."

그 뒤 린민홍은 재건과 작품에 관해 여러 이야기를 한 다음 정중히 인사를 마치고 일어섰다.

그가 호텔을 나서기가 무섭게 또 한 차례 태원의 핸드폰이 울렸다.

"여보세요. 네, 맞습니다. 네? 뭐라고요?"

태원이 놀란 표정으로 되물었다. 뒤이어 그는 핸드폰을 손으로 막고는 재건에게 말했다.

"하 작가님, 양잉 씨 매니저 전환데요."

"양잉 씨 매니저가 왜요?"

"하 작가님 중국에 오셨으니 한번 저녁 식사라도 대접하고 싶답니다. 비공식적으로 조용하게요."

재건은 어안이 벙벙해져 고개를 갸웃거렸다.

양잉은 '질풍노도'에서 주연을 맡았던 중국 여배우다. '질풍노도'의 흥행으로 미모와 연기력을 겸비한 양잉의 주가는 더욱이 고공 행진을 거듭하고 있었다.

그런 그녀가 무슨 일로 은밀히 저녁 식사 초대를 하는 것일까? 재건은 영문을 알 수 없었다.

"어떡하죠, 하 작가님?"

"호의는 감사하지만 안 되겠다고 해주세요."

재건이 작은 목소리로 대답했다.

양잉과 개인적인 친분도 없고 세간의 눈을 피해 만날 이유란 더더욱 없었다.

"죄송하지만 하 작가님이 안 되겠다고 하십니다. 네, 집필 때문에도 바쁘시고요. 아니요, 지금 그러니까 시간문제라기보다는……."

계속되는 간청을 물리치느라 통화가 길어졌다. 시간이 지나 겨우 전화를 끊은 태원은 이마 자락을 문지르며 한숨을 내쉬었다.

"엄청 집요하게 부탁하시네."

"왜 저를 만나려고 하는 걸까요? 현실적으로 뭔가 부탁할 게 아니고서야……."

"아마 하 작가님 추측대로일 거예요. 지금 지존록 시리즈 때문에 하 작가님한테 뭔가 부탁드릴 눈치인데요. 뭐, 배우 섭외 문제도 있을 거고."

"으음…… 네."

"하 작가님 영향력이 틴센트 쪽에서도 엄청 세니까요. 양잉도 질풍노도 때부터 그걸 알아본 거겠죠. 아무튼 잘못 엮이시면 피곤해지실 테니 저도 주의 좀 바짝 해야겠습니다."

재건은 뺨을 실룩이며 고개를 끄덕였다.

무슨 일이 있더라도 그의 마음 안에서 정해진 배우는 변함이 없을 터였다. 커튼 바깥의 베이징 풍경은 어느덧 석양으로 물들어 가고 있었다.

"우주 대스타께서 저한테 점심을 다 먹자고 하시고. 저야 너무 좋지만 한편으론 무슨 일이신지 조금 무섭기도 하네요."

농담처럼 말했지만 반쯤은 진심인 은하였다.

은하의 곁에 나란히 앉은 사람은 도준이었다. 컨베이어벨트 위를 지나가는 초밥 접시 쪽으로는 눈길도 주지 않고 생각에 잠겨 있었다.

"도준 씨, 안 드세요? 난 벌써 세 접시째인데."

"아, 네. 먹습니다."

도준이 고르지도 않고 초밥 접시를 하나 집었다. 그다지 좋은 안색이 아니어서 은하의 의구심은 점점 커져만 갔다.

'대체 무슨 일이야, 진짜?'

은하는 엊그제 받았던 도준의 전화를 떠올렸다. 상의할 것이 있다면서 직접 한번 만나고 싶다는 얘기였다.

태성이라면 재건의 원작으로 함께 작품을 했으니 몰라도 왜 나를?

이것이 아직까지 풀리지 않은 은하의 의문이었다.

"요즘 많이 바쁘시죠?"

도준이 간장에 와사비를 풀면서 입을 열었다.

"마켓 플레이스 단막극 또 연출 맡으신다면서요?"

"제가 바빠 봤자 도준 씨만 할까요. 질풍노도 주인공이야말로 요즘 무진장 바쁠 때 아니에요? 저하고 이렇게 식사하실 시간마저 빠듯하실 것 같은데."

"밥도 못 먹고 지낼 만큼 바쁘진 않아요. 저기, 이 감독님. 사실은 드릴 말씀이 있어서 이렇게 뵙자고 한 겁니다."

"네, 말씀하세요."

은하가 젓가락을 내려놓고 몸을 살짝 틀었다. 안 그래도 언제쯤 본론으로 들어설까 생각하던 참이었다.

"도준 씨처럼 바쁜 사람이 아무 일도 없이 나하고 밥을 먹자고 하셨을 턱이 없지."

"그렇게 말씀하시니 괜히 뭔가 죄송한데요."

"죄송하긴요, 도준 씨 잘생긴 얼굴 보는 것만으로도 오늘 하루 완전히 힐링됐습니다. 하실 말씀 기탄없이 해주세요."

"독립 영화 준비하신다고 들었습니다."

은하가 놀라서 두 눈을 치켜떴다.

갑작스레 치고 들어온 질문이 준비하고 있는 독립 영화에 관한 것이었다니.

도준이 왜 자신의 독립 영화에 관심을 갖는 건지 알 수 없었다.

"건두부요. 윤태성 감독님이 시나리오 보여주셔서 잘 읽어봤습니다. 재미있던데요."

"재미있다고요?"

은하가 믿어지지 않는다는 듯이 되물었다.

도준은 왜 그러냐는 듯한 시선으로 반문하며 고개를 끄덕였다.

'건두부'는 은하가 가장 최근 집필을 마친 시나리오의 제목이었다. 서울 대림동의 차이나타운을 배경으로 삼아 일필휘지로 완성한 작품이었다.

주인공은 중국인이 절대다수인 시장에서 건두부를 파는 중국인 남성이다. 폐쇄된 공간에서 무료한 나날을 보내던 어느 날, 그의 가게에 한 한국인 여성이 두부를 사러 온다. 이렇게 시작되는 두 사람의 연애가 이야기의 주를 이루고 있었다.

"담담하지만 현실적인 서로의 벽을 넘기 힘들어하는 그런 연애가 몹시 가슴에 와닿았습니다."

짤막하게 감상을 말하고 난 도준이 된장국을 한 모금 마셨다. 인기 배우의 긍정적인 평가에 은하는 기분이 좋아져 생긋 웃었다.

"예전에 차이나타운 인근에서도 자취한 적이 있었거든요.

그때 제가 살면서 직간접적으로 느꼈던 양국의 벽이라고 해야 할까. 그런 걸 두 남녀를 통해 한번 표현해 보고 싶었어요. 괜찮았나요?"

"괜찮은 정도가 아니라 정말 좋았어요. 그래서 드리는 말씀인데…… 제가 주연 맡을 수 있을까요?"

"……."

은하의 얼굴이 웃는 그대로 얼어붙었다.

"장난치지 마세요, 도준 씨."

아직까지 그녀는 도준이 농담을 하는 것이리라 여기고 있었다.

"장난이라니요, 진지하게 말씀드리는 건데요."

"지금 도준 씨가 어떻게……."

"출연료는 노 개런티로 갈 수 있으니까 걱정하지 마세요. 가뜩이나 제작비 수급하기도 어려우실 텐데. 영 힘드시면 오히려 제가 제작비를 어느 정도 지원해 드릴 수도 있어요."

도준의 말은 물 흐르듯 거침이 없었다.

혼란스러워진 은하는 두 손으로 눈앞을 휘저었다.

"잠깐만요. 잠깐만요, 도준 씨."

"제가 드릴 말씀은 이게 전부입니다."

도준이 초밥 하나를 입에 넣고 우물거렸다.

은하는 얼빠진 시선으로 그 모습을 빤히 쳐다본 끝에 입을 열었다.

"이유가 뭐예요? 제 입장에서 가타부타 따질 일이야 절대 아니긴 해요. 도준 씨가 내 독립 영화에 주연을 맡아준다니. 그것도 노 개런티로?"

스스로 말해놓고 보니 더욱 어이가 없어 헛웃음마저 나오는 은하였다.

"당연히 백 번이라도 절하면서 감사할 일이죠. 그래서 더 의문인 거예요. 지금 도준 씨가 건두부 주연을 맡아서 무슨 득이 있어요? 그것도 요즘처럼 주목받고 있는 시기에?"

"이 감독님 영화 좋아하니까요. 상업 영화에서는 보여줄 수 없는 제 다른 면모를 드러낼 수 있을 것도 같고요."

"그게 다예요?"

"덧붙이자면 중국인 연기를 하고 싶어요."

그제야 은하는 가장 중요한 부분을 망각하고 있었음을 깨달았다.

도준의 갑작스런 제안에 놀라서 생각하지 못했던 부분. 건두부의 남자 주인공은 중국인인 것이다.

"중국에서 활동하면서 어느 정도 공부는 했어요. 건두 대본에 나오는 중국어 완벽하게 구사할 수 있도록 해볼게요. 믿어보세요, 이 감독님."

말을 마친 도준은 한없이 진지하고 올곧은 눈으로 은하를 바라보았다.

장난과는 거리가 먼 그 표정 앞에서 기어코 은하는 울상이 되었다.

"아아…… 머리가 지끈거려. 도준 씨 이해 안 돼……! 우주 대스타께서 왜 이러시는 건지 도저히 이해가 안 돼!"

은하가 두 손바닥에 얼굴을 묻고 발을 동동 굴렀다.

도준은 입가에 한 줄기 미소를 그리며 시나리오가 든 가방을 손으로 꽉 잡았다.

BIG LIFE

"야, 너 미쳤냐?!"

매니저 태봉은 말을 듣자마자 펄쩍 뛰었다.

"이 타이밍에 노 개런티로 독립 영화를 찍겠다고? 그것도 뭐? 차이나타운? 중국인? 너 뭐 잘못 먹었어?!"

"연기력으로 좀 더 인정받고 싶어. 몇 번을 얘기할까?"

"야, 그렇다고 매니저인 나하고 상의도 안 하고 이은하 감독님을 덥석 만나고 오냐?"

"형한테 상의했으면 허락해 줬겠어? 미안하지만 한 번만 내 말대로 해주라."

도준이 두 손을 비비며 짐짓 애교를 부렸다.

태봉은 표현 그대로 미치고 환장할 것만 같았다. '질풍노도'가 보통 대박이 난 것이 아니다. 도준은 지금이 얼마나 중요한 시기인지 실감하지 못하고 있는 걸까.

"야, 벌 수 있을 때 바짝 벌어야지."

"또 돈 얘기."

"그래, 하나씩 얘기하자. 네가 연기력으로 인정받아야 할 이유가 뭐가 있어? 심지어 그걸 꼭 이 감독님이랑 차이나타운 독립 영화 찍으면서 인정받아야 돼? 중국어까지 다시 공부하면서? 너 지금도 연기력 좋다고 세상이 다 칭찬해 주고 있어!"

"좋은 작품을 찍으면 좀 더 빛이 날 거야."

"아, 진짜. 도준아."

태봉이 머리를 벅벅 긁으며 소파에 주저앉았다.

도준은 태연하게 '건두부' 시나리오를 꺼내 들었다.

이를 갈며 쳐다보던 태봉이 시나리오를 낚아챘다.

"아, 왜. 이리 줘, 형."

"다 확 찢어버려야지."

"나 그러면 진짜 울어버린다."

"이은하 감독님도 너무하시지. 너한테 지금 들어온 블록버스터만 해도 4개에 드라마가 6개에, CF는 셀 수도 없을 지경이고 중국도 가야 되고! 말마따나 네 몸이 10개라도 모자랄 판국인데 또 냉큼 좋다고 시나리오를 주시더냐?!"

"이 감독님이 부담스러워서 거절하시려는 거 내가 간곡히 부탁한 거라니까."

도준이 조금 짜증스럽게 대꾸하고는 다시 시나리오를 빼앗아 들었다.

태봉은 우두커니 서서 거칠어진 호흡을 가다듬었다. 그런 끝에 던지듯이 물었다.

"지존록 시리즈 때문이지?"

"……?!"

"봐, 순간 너 눈빛 변했어. 내 말 맞지?"

"그런 거 아니야……."

도준이 부정했지만 당연히 태봉은 코웃음만 터뜨렸다. 한 집에서 먹고 자고 살아온 세월이 얼마인가. 어지간한 속내는 표정만 봐도 알아챌 수 있었다.

"너 초조한 거지?"

"그럴 리가."

"내 앞에서까지 그럴래? 차라리 이러지 말고 하 작가님한테 일대일로 진지하게 부탁을……."

"그런 말 꺼내지도 마!"

도준이 고개를 쳐들고 우악스럽게 소리쳤다. 놀란 태봉은 하마터면 뒤로 엉덩방아를 찧을 뻔했다.

"아씨, 깜짝이야! 왜 갑자기 소리를 지르고 난리야?"

"진짜 부탁인데 재건이한테 쓸데없는 말하지 마. 형 믿고 하는 얘기야. 만약 이거 말하면 나 무기한으로 잠수 타버릴 거야."

태봉은 할 말을 잃고 멍해졌다. 잠시 후, 그는 땅이 꺼져라 무거운 한숨을 내쉬며 몸을 뒤로 돌렸다.

"아, 그래. 다 네 마음대로 해라. 언제는 네가 내 말 들은 적이나 있냐?"

"형, 기분 상한 거 아니지?"

"냉장고에 우유는 확실히 상했다. 내가 매니저인지 집 안 청소해 주는 가정부인지, 나 참."

태봉이 투덜거리며 주방 냉장고 안을 정리하기 시작했다.

홀로 거실에 앉은 도준은 바닥을 뚫어져라 내려다보고 있었다.

사실 태봉의 말은 정곡을 찔렀다. 그는 몹시 초조하고 불안한 상태였다.

'어째서 틴센트 측에서는 내 얘기를 전혀 하지 않는 거지?'

한중 문화 교류가 있었던 날이 머릿속에 떠오르는 도준이었다. 1차 회동에 이어 틴센트 측과 함께했던 식사 내내 배우로서의 자신에 관한 얘기는 한 번도 나오지 않았던 것이다.

도준의 실망감은 이만저만이 아니었다. 세상 그 어떤 배우들보다도 지존록 시리즈의 주인공을 맡고 싶었던 까닭이다.

자존심 때문에 누구에게도 털어놓지 못하고 혼자서 속만 앓아왔다.

그러던 찰나에 은하의 독립 영화를 알게 되어 출연을 결심하기에 이르렀다. 도준 나름대로의 준비였다.

'더 열심히 해야 돼……!'

중국에 간 재건은 지금도 전력을 다해 글을 쓰고 있으리라.

소중한 친구이기 이전에 재건은 작가다. 누를 끼치지 않기 위해서라도 더욱 준비된 배우로 거듭나야 한다. 한쪽만이 아닌 양쪽이 모두 빛나 서로를 비춰줄 수 있는 별이 되어야만 한다.

이것이 도준의 강렬한 다짐이었다.

삑삑삑삑!

비밀번호 입력하는 소리가 울려도 도준은 고개를 들지 않았다.

문이 열리고 들어선 사람은 채린이었다.

"오빠, 왜 전화 안 받아? 태봉 오빠도 하이!"

어느 쪽에서도 대꾸가 없다.

비로소 심상치 않은 기색을 느낀 채린이 어깨를 낮추고 슬금슬금 도준에게 다가왔다.

"분위기 왜 이렇게 싸늘해? 태봉 오빠랑 싸웠어?"

"그런 거 아냐."

도준이 한숨을 내쉬며 고개를 들었다.

채린이 손에 들고 있는 책으로 자연스레 시선이 갔다.

"그건 뭐냐?"

"재건 오빠 거 무림지존록, 양장본으로 이번에 다시 나왔더라? 소장하려고 바로 샀지."

도준이 책을 받아 들어 첫 장을 펼쳤다.

활자를 두 눈에 담기도 전에 탁자 위의 핸드폰이 진동을 일으켰다. 재건으로부터 걸려온 전화였다.

"중국 가기 전에 우리 집에 CCTV라도 달아놨어?"

—뜬금없이 CCTV는 뭐야?

"채린이가 무림지존록 사와서 지금 막 보고 있었거든."

—아…….

"하드커버로 나와서 모양새는 좋은데 좀 무거워서 읽기 불편하겠다. 왜 책 나온다고 말 안 했어?"

—내가 원해서 출간된 게 아냐.

"그건 또 무슨 소리냐? 원해서 출간된 게 아니라니?"

재건이 간략하게 사정을 설명했다.

도준의 두 눈이 그 자리에서 노기를 띠어갔다.

"이런 씨…… 아니, 그 출판사 어처구니없네? 이런 일을 당하고도 네가 할 수 있는 게 없다고?"

-그렇게 됐다. 뭐 어쩔 수 없는 일이지.

도준은 입을 꾹 다문 채 혀끝으로 볼 안쪽을 문질러 댔다. 심기가 불편해질 때면 으레 나오는 그 습관을 채린도 당연히 알았다.

실제로 도준은 자기 일만큼 화가 나 있었다.

"다른 별일은 없어?"

도준이 양장본 '무림지존록'을 내던지며 물었다.

채린이 야속하다는 눈초리로 쏘아보며 도로 주워왔다. 도준은 그걸 다시 빼앗아서 자기 엉덩이 밑으로 깔아뭉갰다.

-별일 있을 게 뭐 있어. 시간 날 때 메일이나 봐라.

"메일은 왜?"

-현대지존록 개작한 거 초반부 좀 보냈거든. 너도 내 책 많이 읽었으니까 나름 피드백 좀 줄 수 있을 거 아냐.

"알았어, 시간이 남으면 특별히 봐 주도록 하지."

전파 저편에서 재건이 가벼운 웃음을 터뜨렸다.

-그럼 나중에 다시 통화하자. 권 대표님이랑 또 논의 좀 해야 해서. 채린 씨한테도 안부 전해주고.

"그래, 너도 몸조심해."

도준이 전화를 끊자마자 채린은 그의 어깨를 찰싹 때리며 다그쳤다.

"왜 재건 오빠 책 가지고 그래? 오빠 오늘 진짜 이상하다?"

“넌 아무것도 몰라.”

“내가 뭘? 내가 뭘 모르는데?”

“가만있어 봐. 재건이가 보낸 것 좀 읽어보고.”

도준이 메일함에 접속해 재건의 메일을 클릭했다.

새로 쓰기 시작한 ‘현대지존록’ 초반부 원고였다. 도준이 읽기 시작하자 채린도 옆에 찰싹 달라붙어서 눈을 들이밀었다.

“어? 주인공 한국인이네?”

“그러게. 중국 시장이니까 중국인으로 바뀔 줄 알았는데.”

얼마나 더 읽었을까.

어느 순간 채린이 고개를 들었다. 야릇한 시선은 도준을 쓰다듬듯이 쳐다보고 있었다.

“왜 그렇게 쳐다보냐?”

“이거 주인공 완전 오빤데?”

“뭐?”

채린이 원고의 한 곳을 손가락으로 가리켰다.

“현대지존록 주인공도 화가 나는 장면에서 오빠처럼 그러네. 입 다물고 혀끝으로 볼 안쪽 문질러 대는 이런 거.”

“난 또 뭐라고.”

도준이 어이없어하자 채린은 발끈해서 말을 이었다.

“말하는 투나 그런 거 완전 오빠 염두에 두고 썼는데 뭐.

어떻게 보면 바다가 있었다 주인공 조강재하고도 비슷한 데가 있지 않아? 30페이지 읽고도 바로 알겠다."

"그럴 리가 없어."

"그리고 재건 오빠가 이런 적 있어? 완성되지도 않은 원고를, 어? 담당 편집자도 아니고 오빠한테 왜 보내줬겠어? 어떻게 이렇게 눈치가 없을까?"

도준의 입가에서 웃음기가 사라졌다.

치켜뜬 두 눈 속으로는 '현대지존록'의 무수한 활자가 계속해서 빨려들고 있었다.

'설마 재건이가……?!'

나에게 맞춰서 개작을 하고 있단 말인가? 영화화가 결정되었을 때 나를 주연으로 내세우기 위해서?

"오빠? 도준 오빠?"

"……."

도준은 대답 대신 손을 내저어 보였다.

호흡이 서서히 가빠지면서 심장이 울렁거리기 시작했다.

낯설지 않은 청량한 느낌이다.

재건을 처음으로 집에 데려왔던 그날도 이랬다. '바다가 있었다' 주인공인 조강재가 자신을 바탕으로 삼아 만들어졌다는 사실을 알게 되었던 당시와 꼭 같은 감각이었다.

"격조하였소."

갑자기 도준이 입을 열고 나직이 내뱉었다.

기이하게 쳐다보는 채린을 옆에 두고 그는 말을 계속했다.

"동황루의 주인과 용황권의 마지막 오의를 두고 한바탕 어울려 보고 싶어 찾아왔소이다. 먼 길 찾아왔으니 술부터 한 상 준비해 주시오. 목이 타는 분들께선 모두 모이시오. 다들 내 술 한 잔 받아 마시고 술값은 몽땅 동황루에 달아두시오."

도준의 입에서 술술 새어 나오고 있는 건 '현대지존록' 주인공의 대사 일부였다.

가장 기억에 크게 남은 부분이었다. 유쾌한 대사와 달리 실은 살해된 친구의 복수를 위해 적대 세력을 찾아간 장면인 것이다.

이 장면에서 주인공은 피눈물을 흘리며 웃는 표정으로 묘사되었다.

"다들 머리가 높으니 꿇으시게. 이제 나를 위한 시대라네."

"오빠……?"

도준이 깔고 앉았던 '무림지존록' 양장본을 쥐고 일어섰다.

통화로 재건이 했던 말은 잘못됐다.

할 수 있는 일이 없다고?

본인에게만 그런 것이겠지.

123장
괜히 말했나

"아니요, 저는 괜찮습니다. 네, 지금도 자료 조사하면서 충분히 보고 즐기고 있습니다. 베이징 한 곳만 돌아보기에도 일정이 빠듯해서요."

눈부신 햇살이 떠오르는 아침.

재건은 틴센트 전략 기획부장 린민홍과의 통화로 하루를 시작하고 있었다.

솔직히 고마우면서도 성가신 기분 또한 없지는 않았다. 하이난으로 특급 여행을 보내준다느니, 정부 요직의 인사를 소개시켜 준다느니, 품격 높은 저녁 식사를 대접해 준다느니. 수없이 거절했지만 제의는 끝도 없이 밀려왔다.

"린민홍 부장님의 호의는 황송할 만큼 실감하고 있습니

다. 하지만 저는 지금 이대로 충분히 즐겁고 좋습니다. 단순하게 여행을 온 것이 아니라 소설에 쓸 자료를 조사하기 위한 여정이기도 하고요."

–그러십니까…….

린민홍의 목소리에서 안타까운 기색이 진하게 배어나고 있었다.

몇 초의 짧은 침묵 뒤로 그는 말을 이었다.

–린즈허 고문께서도 하 선생님과 함께 저녁을 한번 드시고 싶다는 말씀을 하셨는데요.

"린즈허 고문이요?"

재건의 눈빛이 처음으로 빛을 발했다.

틴센트 문학 고문인 린즈허라면 이야기가 달라진다. 그의 또 다른 이름은 리즈팅. 노벨문학상을 수상한 '황소'의 작가인 것이다. 재건과는 한국에서 만나 연을 맺었다.

"리즈팅 선생님 말씀이시죠?"

–아아, 그러고 보니 하 선생님께서도 아시겠군요.

"네, 한국에서 뵈었었죠. 좋은 말씀도 많이 들려주셨었어요. 정말 멋진 분이시죠."

작가로서의 존경심이 재건을 소년처럼 들뜨게 했다.

"리즈팅 선생님은 반드시 뵙고 싶습니다. 베이징 일정을 마치고 상하이로 떠나기 전에 꼭 뵐 수 있도록 도와주시면 무척 감사하겠습니다."

–알겠습니다, 선생님. 그럼 또 전해드릴 사항이 생기면 바로 연락을 드리겠습니다.

"아, 부장님. 잠깐만요."

재건이 뒤늦게 한 가지 일을 떠올리고 말을 붙였다.

"현대지존록 주인공을 한국인으로 설정한 부분 말입니다."

–으음…… 네, 선생님.

"마오옌 대표님과도 논의를 해보겠다고 하셨던 게 생각나서요. 어떻게 진행되고 있는지 궁금합니다."

말을 마친 재건은 입술을 살며시 깨물고 있었다.

도준을 주인공으로 추천하기 위한 첫 난관인 것이다. 도준 본인만큼은 아니지만 재건 역시 초조한 심정이었다. 틴센트 측은 지금껏 박도준이란 배우에 대해 일언반구도 없었다.

–아직 논의 중에 있습니다. 아마도 조만간 마오옌 대표님께서 하 선생님께 직접 뭔가 말씀을 하실 것 같습니다. 이것 역시 제가 상황을 지켜보고 즉각 전해드리겠습니다.

"고맙습니다, 부장님. 부탁드립니다."

전화를 끊고 난 재건은 태원과 함께 아침을 먹었다. 식사 중에 자연스레 나온 화제는 리즈팅에게 줄 선물이었다.

"제가 작가로서 신세를 진 것도 많아서요. 이번에 리즈팅 선생님께 선물을 하나 드리고 싶은데 뭐가 좋을까요?"

"흐음, 선물이라……."

"시계가 괜찮지 않을까요?"

재건이 시계를 떠올리고 물었다.

작가들이 십시일반으로 돈을 모아 선물해 준 손목시계는 여전히 그의 손목에 달려 있었다. 규호에게 선물한 적도 있던 손목시계가 무난하지 않을까 하는 생각이었다.

"아니요, 시계는 좀 아닌 것 같습니다."

태원이 즉시 고개를 가로저으며 반대했다.

"중국인들은 시계를 잘 선물하지 않아요. 시계를 뜻하는 단어 쭝이, 끝내다 혹은 마치다 이런 의미의 쭝과 발음이 흡사해서요."

"그런 경우도 있어요?"

"네, 그래서 특히 연장자에게 시계를 선물하는 건 더더욱 결례가 될 수 있어요. 임종을 지킨다는 의미인 송쭝을 연상하게 만들어서요. 저도 스타북스 시절에 배웠던 겁니다."

재건은 신기하다는 표정으로 고개를 주억거렸다.

태원이 웃으며 추가로 덧붙였다.

"비아오라고 표기하는 손목시계는 예외로 치는 경우도 있어요. 그런데 이 비아오도 매춘부와 발음이 같아서…… 이 경우엔 또 여성에게 선물하는 것도 실례가 될 수 있죠. 아무튼 여러모로 시계는 추천하고 싶지 않은 선물이에요."

"권 대표님 안 계셨으면 큰일 날 뻔했네요. 저는 선물 고르는 재능이 없어서 그냥 시계로 정했을 것 같거든요."

"만약 시계를 사드린다고 해도 리즈팅 선생님은 불쾌해하시지 않을 겁니다. 하 작가님 마음을 아실 테니까요."

두 사람은 결국 무엇을 선물할지 정하지 못한 채 식사를 마쳤다.

소화할 겸 차 한 잔을 마시려는 찰나에 태원에게 전화가 걸려왔다.

"하 작가님, 양잉 씨 매니저인데요."

태원이 통화하던 도중 재건에게 작은 목소리로 말했다.

한 번 식사 초대를 거절했는데 또 전화라니.

심란해지는 재건에게 태원은 말을 이었다.

"하 작가님한테 선물을 하나 보내드리고 싶다는데요."

"선물이요?"

"네, 하 작가님의 작품에 출연할 수 있어서 기뻤다고요. 부디 자기 체면을 살려주셨으면 좋겠다고 간곡하게 부탁을 하시는데…… 어떡할까요? 이미 사람이 호텔 로비에 와 있답니다."

재건과 태원이 침묵 속에서 눈빛을 교환했다.

식사 초대에 이어 선물마저 거절하긴 껄끄러운 기분이었다. 한편으로는 무슨 속셈인지 알 수 없기에 부담스럽기도 해서 망설임은 적지 않았다.

"감사히 받겠다고 해주세요."

이윽고 재건이 먼저 결론을 내렸다.

호텔까지 선물을 들고 찾아왔다는데 이대로 거절하는 것도 예의가 아니라고 판단했다.

태원은 재건의 입장을 전하고 전화를 끊었다.

잠시 후.

호텔 직원을 통해 양잉의 선물이 배달되었다. 직원에게 팁을 주고 선물을 받아 든 태원은 중국인 특유의 화려한 포장에 혀를 내둘렀다.

"가볍고 작아서 뭔지 모르겠네요."

"한번 풀어보죠."

재건이 포장을 뜯는 사이에 태원의 전화가 또 울렸다. 이곳에서는 래프북스의 대표인 동시에 재건의 매니저 역할을 겸임하고 있었기에 그의 업무량은 상당했다.

"래프북스에서 전화가 왔네요. 잠깐 통화 좀 하고 올게요. 네, 여보세요. 아, 정 대리님? 무슨 일이세요?"

태원이 옆방으로 통화를 하며 사라진 사이, 재건은 포장을 다 뜯고 드러난 상자를 열었다. 그 안에 든 것은 한 자루의 만년필이었다.

'만년필 한번 화려하네.'

만년필의 동체는 전체적으로 금장이 되어 있었다. 서건우의 소박한 만년필과는 완전히 대조되는 화려한 모양새였다. 뚜껑과 동체 곳곳에는 빛나는 보석이 박혀 있었는데, 재건의 안목으로는 이것이 큐빅인지 다이아몬드인지 분간할 수 없었다.

'진짜 다이아몬드 맞을 것 같은데…….'

보석을 보는 안목은 없지만 양잉이라는 여배우는 안다.

재건은 만년필을 손에 쥐고 이리저리 돌려보고는 뚜껑을 열었다. 한 손은 근처에 있던 노트를 끌어당기고 있었다.

'필기감은 확실히 좋구나.'

종이 위에 자기 이름을 써보면서 재건은 내심 감탄했다.

펜촉이 거침없이 종이 위를 미끄러져 나아간다. 안정감 또한 뒤지지 않았다. 마치 필체가 뒤틀리지 않도록 만년필 전체가 조절해 주는 듯한 느낌이었다.

재건은 생각나는 시 한 편을 정신없이 노트 위에 써보았다. 쓰는 맛이 좋아서 쉽사리 멈출 수가 없었던 것이다.

마침표를 찍은 후 만년필을 거둬들이는 얼굴엔 감탄스런 미소가 만연했다.

'이런 건 얼마나 하지? 한 몇백만 원 하는 거 아니야?'

어디까지나 외양만으로 가격을 추측하고 있는 재건이었다.

확실히 좋기는 했지만 쓸 일은 자주 있을 것 같지 않았다. 만년필이라면 이미 서건우로부터 받은 최고의 만년필을 갖고 있으니까.

재건이 뚜껑을 도로 닫고 만년필을 내려놓았을 때, 통화를 끝낸 태원이 돌아왔다.

어딘지 굳은 표정이어서 재건이 물었다.

"무슨 일 있으세요? 소미 씨 전화 같던데요."

"이걸 뭐 일이라고 해야 할지 아니라고 해야 할지 모르겠는데요."

그렇게 말하고 난 태원이 핸드폰을 내밀었다.

"……!"

받아 들고 화면을 본 재건의 두 눈이 확대되었다.

도준이 자신의 SNS에 올린 글이었다.

[제 가장 친한 친구이자 작가의 무협 소설이 양장본으로 출간됐습니다. 저는 안 샀습니다. 작가 본인에게는 한마디 말도 없이 몰래 출간된 책이거든요. 계약이 만료되기 직전에 왕창 뽑아내서 팔아야 하니까요. 조금이라도 상도의를 갖춘 출판사라면 돈벌이 이전에 작가와 인간적으로 협의를 해야 옳은 일 아닐까요?]

'괜히 말했나……!'

재건은 그야말로 아차 싶은 심정이었다.

돌이켜 보면 도준은 지금껏 자신이 억울한 일을 당했을 때마다 SNS를 통해 응원과 격려를 전하곤 했다. 이번에도 그 마음은 다르지 않았으리라.

"하 작가님, 글 아래로 좀 보세요."

"아래요? 아니, 이분들이 단체로 왜 이러시지?"

재건이 아는 수많은 사람이 도준의 글을 각지로 퍼뜨리고 있었다.

채린과 유나, 그리고 예슬 등등 배우들을 시작으로 감독 태성과 은하의 이름마저 보였다. 사무실 작가들을 비롯해 재건을 옹호하는 수많은 작가의 이름이 한없이 이어지고 있었다.

'아니, 이게 뭐야? 매형까지?'

남규호라는 이름 세 글자가 보였을 땐 한쪽 다리가 휘청거릴 정도였다.

이미 인터넷 각지에 퍼질 대로 퍼져 나간 상황이다. 도준에게 전화해서 글을 내리라고 해도 늦었다.

"하하……."

문득 태원이 나직이 웃음을 터뜨렸다.

멍하니 고개를 든 재건에게 그는 말했다.

"도준 씨 때문에 웃었어요. 사람이 참 엉뚱한 구석이 있는 것 같아요."

"으음……."

재건의 대답은 침음뿐이었다.

태원이 이렇게 웃어넘기는 걸 보면 딱히 문제가 있을 것 같지는 않지만 어쨌든, 마음이 편하거나 좋은 건 아니었다.

"와, 이 만년필…… 좋은 거 받으셨네요?"

뒤늦게 양잉의 선물을 본 태원이 두 눈을 휘둥그레 떴다.

재건이 만년필을 집어 태원에게 건네며 물었다.

"이 만년필 아세요?"

"어이구, 저 주지 마세요. 전 이렇게 비싼 거 잘못 만졌다가 망가뜨릴까 봐 겁나니까요."

태원이 두 손을 허둥지둥 내저으며 마다했다.

재건은 손가락 사이로 만년필을 돌리며 피식 웃었다.

"권 대표님 또 평소 모습이랑 안 맞으시게 그러신다. 이게 무슨 만년필인데 그러세요?"

"이거 틴센트 문학 런쉐 대표도 사용하는 거라서요. 듀오폴드 자이언트라고 125주년 한정판이라고 하더라고요. 딱 125개만 만들어졌고 한국에도 1개만 수입된 걸로 알고 있어요."

재건의 입이 반쯤 벌어졌다.

그가 추측했던 것과는 전혀 동떨어진 수준의 설명이 이어졌다.

"가격이 4,000만 원이 조금 넘던가."

"네? 얼마요?"

"4,000만 원이요. 아마 그 정도 할 겁니다."

"아니, 이 만년필 하나에 4,000만 원이나 한다고요?"

태원이 이런 걸로 농담할 사람이 아님을 알면서도 재건은 되물을 수밖에 없었다. 손안에 쏙 들어오는 작은 만년필 하나가 웬만한 자동차 값과 맞먹는다는 사실이 쉽사리 이해되지 않았다.

"여기 촘촘하게 박혀 있는 거 전부 다이아몬드잖아요. 바디는 다 금이고요. 근데 하 작가님 뭘 그렇게 놀라세요? 한정판 125개 다 사들이실 수도 있는 재력가시면서."

"저는 글쟁이로서도 한참 먼 것 같아요. 아직도 세상을 이렇게 몰라서야……."

반농담조로 대꾸하면서 재건은 만년필을 다시 내려다보았다.

부디 이 고가의 선물이 양잉의 체면치레로 끝나기를 바라면서.

BIG LIFE

"이거 환불 가능하죠? 영수증 가져왔어요."

"그저께 샀는데 환불하고 싶어요."

"깜박 영수증을 잃어버렸는데 환불 좀 해주시면 안 돼요?"

재건이 사는 구내에 위치한 대형 서점.

이곳에서 일하는 여직원은 손님들의 환불 요청을 받아주느라 다른 일을 할 틈이 없었다. 점심시간이 되기도 전에 수십 건을 넘겼다. 전부 재건의 '무림지존록' 양장본이었다.

'무슨 일이지?'

여직원은 재건의 독자였고 그의 작품을 무척 좋아했다.

오래전 재건에게 사인을 받은 적도 있었다. '무림지존록' 양장본도 무협 소설이라 취향과는 달랐지만 애정으로 전권을 구입했다.

"네네, 잠시만 기다리세요. 금방 환불해 드릴게요."

여직원은 며칠간 바빠서 인터넷을 전혀 하지 못했다.

무슨 사태가 벌어진 건지 몰랐기에 좋아하는 작가의 작품을 환불하는 일이 즐거울 리 없었다. 카운터 앞으로 줄은 점점 더 길게 늘어나고 있었다.

그와 같은 시각.

사정은 다른 대형 서점들도 엇비슷했다.

현재 한국 거의 대부분의 대형 서점에는 하재건 작가만의 전용 코너가 갖춰져 있었다. 이번에 출간된 '무림지존록' 양장본도 당연히 자리에 놓여 독자들의 시선을 끌고 있었다.

하지만 문제는.

전혀 팔리지가 않기 시작했다는 점이었다.

재건의 다른 작품들은 여전했다. 꾸준히 손님들의 손을 탔고 날개 돋친 듯이 팔려 나갔다. 그 와중에 '무림지존록' 양장본 하나만이 철저하게 외면받고 있었다.

입고 첫날 수백 권씩 팔려 나갔던 책이 이제는 하루에 서너 권 팔릴까 말까였다.

심지어 팔려 나갔던 물량도 반 이상 환불 요청을 받은 서점이 허다했다.

오프라인 대형 서점만이 아니라 온라인 쪽도 매한가지였다.

'무림지존록' 양장본의 판매량 수치는 증가할 줄을 몰랐다.

사는 사람은 없는데 수백수천 개의 댓글이 달리고 있다는 점은 또 기이했다.

—안 사요, 안 사~ ^^ 하재건을 좋아해서 하재건 책을 안 사는 참독자의 맛을 좀 봐랏 ^^

—ㅋㅋㅋㅋㅋㅋㅋㅋㅋ저도 하재건 작가님 좋아해서 이번엔 안 사려구요. 계약 만료되고 나면 하 작가님 생각대로 제대로 출간될 듯?

—스타북스 믿었는데 이상해졌네. 하재건 때문에 돈을 왕창 벌

더니 기본적인 상도덕마저 잊어버렸나?

–하재건이 스타북스랑 계약 연장을 안 하는 데엔 합당한 이유가 있겠지. 소속 작가들이 쓴 글 좀 보니까 안 봐도 알 만하다.

댓글들은 하나같이 독자들의 힐난하는 목소리였다.

힐난의 대상인 스타북스의 대표 재국은 오래지 않아 이 커다란 목소리를 듣고 분노했다.

"이게 대체 무슨 개짓거리야!"

와장창!

재국이 내던진 머그컵이 벽에 부딪혀 박살 났다.

아들이자 편집장인 경욱은 고개도 들지 못하고 벌벌 떨어댔다. 아버지가 이토록 화를 내는 건 처음이었다.

"내가 아파서 몸을 돌보는 사이에 이렇게 헛된 일을 벌여? 멍청하기 짝이 없는 놈! 무능하고 주제 파악도 못하는 놈!"

"으으으……!"

아버지의 모욕적인 언사에 눈물이 찔끔 날 정도였다.

그래도 경욱은 할 말이 없어 신음만 흘릴 수밖에 없었다. 뻔뻔한 천성으로도 어떻게 대꾸할 재간이 없었다. 자신이 얼마나 크나큰 실수를 했는지 이제야 뼈저리게 실감하는 중이었다.

"초, 초……."

한참 만에 경욱이 가까스로 입술을 열었다. 그가 좀처럼 말을 잇지 못하자 재국은 때릴 것처럼 손을 치켜들며 소리쳤다.

"말을 할 거면 똑바로 해!"

"초, 초……! 총판에서는 계속 받고 있어요! 서, 서점들도 마찬가지고……! 소비자가 선택해야 할 문제니까……!"

철썩!

"악!"

경욱이 외마디 비명을 지르며 제 뺨을 부여잡았다. 호되게 뺨을 날린 재국은 씩씩거리며 다그쳤다.

"그걸 지금 말이라고 지껄이고 있는 거냐! 이 개뼈다구 같은 놈아, 그래서 소비자가 선택한 결과가 이거야! 50만 부라니, 미친놈! 하 작가에게 인세는 인세대로 줘야 하고! 이 손실 어떡할 거냐! 최소 3억 8,000만 원이야! 이 3,800원의 값어치도 못되는 한심한 놈아!"

"으으…… 아버지, 너무하세요……!"

경욱이 제 나이도 잊고 꺼이꺼이 울기 시작했다.

재국은 절로 주먹을 불끈 쥐었다. 아들이 아니었으면 벌써 광대뼈가 허물어지도록 때리고도 남았을 일이었다.

"내가 널 너무 오냐오냐하면서 키웠어. 감투를 줘도 쓸 줄 모르는 놈. 네가 내 아들인 게 부끄러울 지경이야."

재국의 입에서 혹독하고 무자비한 말이 연달아 쏟아졌다.

경욱은 울음을 그치지 못하고 제 가슴을 쥐어짰다. 그 모습이 한심스럽기 짝이 없어서 곱절로 울화가 치미는 재국이었다.

"카드 내놔."

"네……?"

"귓구멍이 막혔어?! 당장 내놔! 너 같은 놈은 내 돈을 쓸 자격이 없어!"

"으으으……!"

경욱은 눈앞이 캄캄해지는 것을 느꼈다.

카드를 빼앗기면 완전히 무일푼이다. 취미이자 특기인 유흥도 어젯밤으로 끝을 고하게 된다는 의미다.

편집장으로서 받은 월급은 진즉에 다 썼고 한 푼도 남지 않았다.

"아, 아버지……."

경욱이 서럽기 그지없는 얼굴로 훌쩍이며 애원했다.

"카드만은…… 한 번만 봐주세요. 네? 제가 이제부터 정신 차리고 열심히 할게요. 살려주세요, 아버지. 카드 없으면 저 죽어요."

"아, 그냥 꺼져. 내가 전화로 취소시킬 테니."

"아, 아버지……! 제발 카드만은……!"

"꺼지라고! 썩 나가!"

쾅!

재국이 문을 걷어차 열었다.

그런 다음 경욱의 멱살을 잡고 바깥으로 내던졌다. 복도 한가운데에 널브러진 경욱은 철판 위의 산낙지처럼 몸을 뒤틀며 흐느꼈다.

'으아……!'

복도 앞을 지나치던 고 대리는 경욱을 보고 다급히 몸을 숨겼다.

무슨 일이 있었는지는 대략 파악했다. 재국의 고성은 사무실 전체에 울렸던 것이다.

'불안해 죽겠네. 나한테까지 불똥 튀는 거 아냐?'

고 대리는 화장실도 못 가고 자기 자리로 돌아왔다. 위아래 이를 딱딱 맞부딪칠 만큼 두려움이 엄습해 왔다.

세상 무서운 줄 모르고 제멋대로 구는 경욱이다. 대표로부터 호되게 당했으니 이제 졸렬한 분풀이를 부하 직원들에게 할 차례이리라. 상상만으로도 끔찍해서 고 대리는 두 눈을 질끈 감았다.

그러나 예상은 빗나갔다. 대표실에서 쫓겨난 경욱은 사무실로 돌아오지 않았다.

고 대리는 안도의 한숨과 함께 점심시간을 맞을 수 있었다.

"왜 그렇게 얼어 있어요?"

점심을 먹으러 나가는 길에 이 대리가 물었다.

그녀의 입가에는 미묘한 웃음기가 맴돌고 있었다. 대놓고 드러내진 못했지만 어찌나 통쾌한지. 10년 묵은 체증이 싹 내려가는 기분이었다.

"이 대리님은 속이 시원하신가 봐요."

"으음? 솔직히 부정은 안 할게요."

"걱정은 안 되세요? 앞으로 사무실 분위기 더 안 좋아질 게 뻔한데. 대표님이 매일 출근하실 것도 아닐 테고."

"어떻게 되든 관계없어요. 조만간 그만둘 거니까."

고 대리가 경악해서 쳐다보았다.

이 대리는 주위를 둘러보고는 한쪽 눈을 찡긋해 보였다.

"고 대리님만 알고 있기예요. 아직 비밀이니까."

"그, 그만두신다니요? 왜요?"

"더는 못 견디겠어요. 이렇게 아무런 보람도 없는 회사. 한동안 외주나 종종 하고, 모아둔 돈 까먹으면서 살래요."

"네……."

고 대리의 양어깨가 축 늘어졌다. 그나마 이 대리 덕분에 지옥 같은 회사 생활을 버텨올 수 있었던 것인데. 벌써부터 그녀의 빈자리가 느껴지는 기분이었다.

"경력 생각하셔서 너무 오래 쉬진 마세요."

"뭐 괜찮아요. 여차하면 래프북스도 있고."

"래프북스요?"

"네, 요전에 소미 씨랑 통화했는데 언제든지 오라고 그러더라구요. 일머리 좋은 직원 하나 구하기가 힘들다고."

고 대리는 고개를 주억거리며 쓴웃음을 지었다. 태원과 소미에게 좋지 못한 모습을 너무 많이 보였다. 그들이 자신을 얼마나 싫어할지 생각하니 씁쓸해졌다.

"고 대리님도 래프북스에 얘기해 볼까요?"

"하하, 농담도 참. 저는 안 될 거예요. 권태원 대표님이 저 얼마나 싫어하실 텐데."

고 대리는 엘리베이터 버튼을 누르며 자조하듯 말을 이었다.

"제가 직장 생활을 완전히 헛배웠어요. 변명하려는 건 아니지만 그 시절엔…… 그게 옳은 건 줄 알았어요. 윗사람 눈치부터 보고 비위 맞추고."

"……."

"소미 씨도 저 많이 원망할 거예요. 엄연히 편집자인데 온갖 잡일을 시키고 그랬으니."

"소미 씨 퇴사하기 전엔 많이 도와줬잖아요. 응원도 해주고. 안 그럴 거예요. 기운 내세요, 고 대리님. 난 고 대리님이 이렇게 힘 빠져 있으면 너무 싫더라."

고 대리의 입에서 힘없는 웃음이 새어 나왔다.

이제야 확실히 알았다. 자신도 경욱을 욕할 자격이 없는 인간이었음을.

울고 싶어지는 한낮이었다.

124장

체면을 위한 명분

타다다닥! 타닥!

타다닥! 탁!

상하이로의 이동을 하루 앞둔 오후.

재건은 베이징에서 경험하고 느낀 자료들을 부지런히 정리하고 있었다. 모두 지존록 시리즈에 활용할 자료들이다.

'역시 오길 잘했어. 인터넷으로 검색해서 대충 나온 자료하고는 수준이 달라.'

지존록 시리즈 한정이 아니다. 축적된 자료는 앞으로도 새로운 글을 쓸 때마다 큰 힘이 되어줄 것이다.

재건은 기쁜 마음으로 자료를 깔끔하게 정리했다.

'자, 이제 4시……. 나가려면 아직 2시간은 남았는데.'

오늘 저녁은 틴센트 픽처스 마오옌 대표와 함께하기로 돼 있었다.

2시간 동안 무엇을 할까.

옆방의 태원처럼 잠깐 눈을 붙일까 싶었다가 재건은 이내 마음을 바꿨다.

'글이나 쓰고 있지 뭐. 시간도 애매하고.'

재건은 '현대지존록' 원고를 불러들이고 느릿하게 타자를 두들겼다.

스스로 정한 오늘의 할당량은 전부 채웠으니 느긋했다. 다만 여유가 생겨난 까닭에 잡념이 밀려드는 것이 문제였다.

'이제 선배님은 저 안 도와주시는 건가요?'

마지막으로 서건우의 조언을 들어본 것이 언제쯤인지 기억조차 아득했다. 크고 작은 조언을 아끼지 않았던 대선배님은 이제 완전히 잠이 들어버리신 걸까.

'제가 이렇게도 못났습니다, 선배님. 다들 제 글 보고 괜찮다고 해주는데도 선배님이 안 계시니까 무척 불안해요.'

서건우에 대한 생각을 하느라고 글은 거의 쓰지도 못한 채 시간이 흘러갔다.

태원의 방에서 알람이 울렸고 재건은 외출 준비를 위해 일어섰다.

약 1시간 후.

재건과 태원은 약속 장소에 도착했다. 서태후의 남동생이 관저로 사용했다던 문화재이자 레스토랑이었다.

"아아……."

룸 안에 들어선 재건은 어안이 벙벙해졌다. 긴 역사를 자랑하는 저택의 매력 때문이 아니었다. 마오옌 외에 또 한 사람이 있었던 것이다.

"리즈팅 선생님!"

이내 정신을 차린 재건이 반갑게 소리쳤다.

리즈팅은 부처처럼 푸근하고 인자한 특유의 미소로 재건을 반겼다.

"안녕하십니까. 오랜만입니다."

리즈팅이 어색한 발음의 한국어로 인사했다. 그에 맞춰 재건도 어설프지만 중국어로 답했다. 가까이 다가온 리즈팅은 재건의 두 손을 부둥켜 잡으며 말을 이었다.

"꼭 중국에서 만나고 싶었습니다."

"고맙습니다, 선생님. 그리고 죄송합니다."

바로 그때, 재건의 손을 잡고 있던 리즈팅의 표정이 변했다. 이어 가늘게 뜬 두 눈으로 재건을 바라보며 고개를 갸웃거렸다.

"왜…… 그러시죠?"

영문을 알 수 없는 재건이 멍하니 물었다. 문득 예전에 리즈팅이 자기 손을 잡았던 때가 떠올랐다. 글에서 두 기운의 충돌이 느껴진다던 그의 말은 여전히 재건의 귓가에 생생했다.

'또 뭔가가 느껴지시는 건가?'

재건은 괜스레 긴장해서 목울대를 울렸다.

가만히 손을 맡기고 있는 사이, 리즈팅이 돌연 입술을 실룩이며 웃었다. 의미를 알 수 없는 미소가 재건을 혼란스럽게 했다.

리즈팅이 통역사 쪽을 돌아보며 중국어로 말했다.

통역사는 그의 말은 즉시 한국어로 재건에게 전해주었다.

"손이 많이 거칠어지셨답니다. 식사가 끝나고 나면 좋은 약을 드릴 테니 잠깐 보자고 하십니다."

"아아, 네. 알겠습니다."

맥이 빠지면서도 어딘가 짚이는 바가 있었다.

재건은 일단 입을 다물고 자기 자리에 몸을 앉혔다. 리즈팅이 준다는 약이 정말로 손에 바르는 용도인지 아닌지는 식사 후 확인할 수 있으리라.

오리발 냉채를 시작으로 본격적인 식사가 시작되었다.

젓가락을 들면서 마오옌이 꺼낸 말을 통역사가 전해주었다.

"서태후가 오리 요리를 정말 좋아했다지요. 맛이 흡족하지 않으면 온갖 질책에 심지어 요리사를 죽였다고도 하고요. 하 선생님과 권 대표님의 입에 맞으시리라 확신합니다."

연달아 나오는 요리는 전부 맛있었지만 재건은 그 맛을 제대로 즐기지 못하고 있었다. 마음이 복잡했기 때문이었다. 마오옌이 오늘 무슨 얘기를 할지 짐작하고 있는 까닭이다. 조금 전 리즈팅이 보인 행동도 심란한 기분에 한몫을 하고 있었다.

"린민홍 부장을 통해 하 선생님 말씀 들었습니다."

말린 전복 볶음 요리가 나올 즈음 마오옌이 말을 꺼냈다.

언제 본론으로 들어갈지 생각하고 있었던 재건은 젓가락을 내려놓고 고개를 끄덕였다.

"외람된 말씀이지만 하 선생님, 이곳은 중국입니다."

"알고 있습니다."

대답하는 재건의 얼굴엔 웃음이 없었다. 대뜸 이곳이 중국임을 강조하는 마오옌의 의도를 알 것도 같았기 때문이다. 기 싸움 같은 건 성미에 맞지 않지만 재건은 맞서야 하는 시점이라고 판단했다.

"하 선생님께서 새로이 쓰시는 지존록 시리즈의 주요 소비자는 한국인이 아닌 중국인입니다."

"그것도 알고 있습니다."

“그렇다면 재고해 주십시오, 선생님.”

마오옌은 에둘러 말하지 않았다. 피차 오늘 해결해야 할 얘기는 다 알고 있지 않느냐는 표정이었다. 자수성가한 여장부답다는 생각이 들었지만 감탄만 하고 있을 재건은 아니었다.

“정말 죄송합니다, 마오옌 대표님. 주인공은 변경하기가 어렵습니다.”

재건이 고개를 숙이며 진지하게 말을 이었다.

“이미 구상한 이야기의 주인공입니다. 이대로 가지 않으면 현대지존록 전체가 흔들립니다. 아예 다른 작품이 되어버릴 수도 있고, 그렇게 되면 저는 즐겁게 쓰지 못할 거고 재미없는 소설이 되어버릴 겁니다.”

모두가 놀리던 젓가락을 멈추고 입을 다물었다.

마오옌은 물러서지 않고 다시 한번 상체를 앞으로 내밀며 부탁했다.

“세상천지가 다 아는 것이 하 선생님의 출중한 필력입니다. 부디 그런 걱정은 하지 말아주세요. 중국 시장을 염두에 두시고 부디 한 번만 재고해 주셨으면 하는 간곡한 바람입니다. 영화화가 되었을 때 지존록 원작을 100퍼센트 반영하고 싶은 제 마음을 헤아려 주십시오.”

통역사가 전해 주는 마오옌의 말을 들으며 재건은 마음이 조금 약해졌다.

하지만 가장 중요한 것은 역시 작품이다. 마오옌의 입장을 배려해서 구상한 글을 바꾸는 건 이치에 맞지 않는다.

재건은 각오를 굳히고 다시금 고개를 가로저었다.

"정말 죄송합니다, 마오옌 대표님. 제 마음은 변함이 없습니다."

불빛 아래서 마오옌의 안색이 조금 창백해졌다. 하재건이란 작가가 이렇게까지 고집이 셀 줄은 몰랐던 것이다.

저녁을 대접하면서 간곡하게 부탁하면 마음을 돌릴 줄 알았는데 완전히 착각이었다.

"일단 드시지요, 선생님. 요리가 다 식겠습니다."

다소 어색해진 분위기에서 식사가 재개되었다.

입안의 음식물을 우물거리며 마오옌은 깊은 생각에 잠겼다. 그녀가 현재 봉착한 진짜 문제는 따로 있었다.

명분이 없다.

이것이 틴센트 픽처스 대표 마오옌의 고민이었다.

임원진 및 관계자들을 설득할 자신은 있었다. 다만 설득에 성공하더라도 체면이 문제였다. 작가 한 사람에게 이리저리 휘둘린다는 평가를 피할 수 없게 될 테니까.

마오옌은 이러한 생각을 입 밖으로 꺼낼 수 없었다. 재건에게 명분이 없다는 사실을 토로하는 것도 체면이 깎이는 일이기 때문이다.

말할 수 없는 중국인의 고뇌는 점점 더 깊어져만 가고 있었다.

"그럼 다시 연락드리겠습니다, 선생님. 상하이 잘 둘러보시고 다음에는 상하이에서 뵙지요."

"네, 마오옌 대표님. 오늘 식사 정말 맛있었습니다. 조심히 들어가세요."

별다른 수확 없이 저녁 식사가 끝났다.

마오옌을 먼저 보내고 난 재건은 한숨부터 내쉬었다. 서로의 입장 차이만 더욱 강하게 확인된 자리였다. 소화가 제대로 되지 않은 속이 더부룩했다.

"권 대표님, 어떻게 될지 모르겠는데요."

"너무 심려치 마시고 지금처럼만 집필하세요. 마오옌 대표와는 제가 지속적으로 얘기를 해보겠습니다."

가만히 기다리고 있으려니 차로 갔던 리즈팅이 비서와 함께 돌아왔다. 그는 비서로부터 건네받은 핸드크림을 재건에게 내밀었다.

'농담하신 게 아니었어……?'

정말로 핸드크림을 줄 줄이야.

어처구니가 없는 재건을 향해 리즈팅은 웃으며 말했다.

"항상 작품 즐겁게 읽고 있다고 하십니다. 상하이에서 일정 마무리 잘 하시고, 귀국하시기 직전에 꼭 한번 온종일 함께 시간을 보내고 싶다고 하십니다."

"네, 알겠습니다. 꼭 그렇게 하겠습니다. 저도 오늘 선생님 말씀 길게 들을 수 없어서 몹시 아쉽습니다."

차 한 잔을 마시고 난 뒤.

재건은 리즈팅이 준 핸드크림을 손에 쥐고 허탈하게 돌아섰다. 리즈팅도 비서와 함께 반대편으로 몸을 돌렸다.

"하하하……."

"왜 웃으십니까, 선생님?"

"한 사람이었어."

"네? 한 사람이었다니요?"

리즈팅이 턱짓으로 재건 쪽을 가리켜 보였다.

"하재건이란 작가는 한 사람이야. 사람도 글도 완전히 하나야. 내가 과거에 느꼈던 그의 문학적 성장은 주제넘은 생각이었어."

"무슨 말씀이신지 저는 이해가 잘 안 됩니다."

"이해할 거 없어. 하여튼 부럽군. 내가 저 나이에 글을 저렇게 쓸 수 있었던가. 지금과 비교해도 난 저 젊은이에게 안 돼."

"무슨 말씀이십니까. 선생님은 노벨문학상까지 수상하신 위대한 분이십니다. 하재건이라는 작가가 제아무리 대단하다고 해도 선생님과는 비교 자체가 불가입니다."

차에 오른 비서는 운전대를 잡다 말고 뒷좌석의 리즈팅에게 물었다.

"그런데 선생님, 조금 전의 말씀으로 또 생각이 났는데요."

"뭔가?"

"선생님께서는 정말로 귀신을 보십니까? 그 소문이 사실인지 너무 궁금합니다."

리즈팅이 두 눈을 가늘게 뜨고는 뜬금없이 되물었다.

"자네 요즘 어깨가 뻐근하지 않나?"

"엇? 네, 선생님. 그걸 어떻게 아시죠?"

리즈팅이 손가락으로 비서의 어깨를 가리켰다.

"자네 양어깨에 귀신이 앉아 있어."

"네?!"

"실연하고 스스로 목숨을 끊은 여인이군."

"서, 선생님. 그런 농담은 하시지 말아주세요……!"

비서가 사색이 되어 부들부들 떨었다.

곧바로 리즈팅은 제 양 무릎을 탁 치며 껄껄 웃었다.

"장난 한번 쳤을 뿐인데 이렇게 담력이 약해서야. 자네 어깨 아픈 건 사흘 내내 내 서재를 정리했으니 아플 만도 하지. 내일은 출근하지 말고 하루 푹 쉬게."

시동 걸린 차가 달리기 시작했다.

리즈팅은 뒷머리를 의자에 기대며 홀로 웃었다.

이제는 열등감조차 품지 못할 만큼 압도적으로 성장한 한 작가를 생각하면서, 오래도록.

틴센트 픽처스 본사의 대표실.

마오옌은 한동안 피우지 않았던 담배에 불을 붙일 만큼 시름에 잠겨 있었다.

곁에 서 있는 린민홍은 혼란스러웠다. 재건의 일을 두고 가까이서 보좌하는 그도 마오옌의 고민을 전부 헤아리지 못하고 있었던 것이다. 먼저 물을 수도 없어서 더욱이 답답했다.

"커피 한잔 드릴까요, 대표님?"

"부장님이나 한잔 들어요. 아니, 그러지 말고 오늘은 일찍 들어가 쉬어요."

린민홍이 고개를 숙여 인사했다. 다시 고개를 든 그는 잠시 머뭇거렸으나 결국 입술을 떼지 못하고 몸을 돌려세웠다.

린민홍이 문고리를 손에 잡는 순간.

"결론 내지 말아요."

"……네?"

멍한 표정으로 린민홍이 뒤를 돌아보았다.

마오옌은 하얀 연기를 내뿜는 입으로 말을 잇고 있었다.

"하 선생님 한국으로 돌아가시기 전까지 결론 내릴 생각하지 마시란 얘깁니다. 집필하시고 싶으신 대로 하시도록 놔두세요.”

“양우녕 쪽은 어떻게 하시려는 마음이십니까?”

마오옌의 두 눈이 일순 빛을 발했다.

양우녕은 대만에서 특히 인기몰이를 시작한 모델 출신의 배우다. 더불어 ‘질풍노도’의 주인공 중 한 사람이었던 양잉의 남동생이기도 했다.

“내가 알아서 할게요. 아무튼 하 선생님께는 다른 말하지 마세요. 상하이에 기거하시는 동안 편의만 최대한 봐드리면 됩니다. 그렇게 아시고 가 보세요.”

“네, 대표님……. 알겠습니다.”

린민홍이 나간 뒤에도 마오옌은 더욱 깊이 생각에 빠져들었다. 담배 하나가 거의 다 타들어 갈 즈음 핸드폰이 울렸다.

양잉의 전화였다.

“여보세요.”

—안녕하세요, 대표님. 식사는 하셨어요?

“먹었어. 양잉도 촬영 잘하고 있어? 드라마 오늘부터지?”

—네, 잘하고 있어요. 전부 대표님 덕분이에요.

마오옌은 쓴웃음을 지으며 한쪽 관자놀이를 꾹꾹 눌렀다.

안부 인사나 나누고 싶어서 전화를 해왔을 턱이 없다. 이어지는 양잉의 말은 예상을 빗나가지 않았다.

—하 선생님이 저를 피하시는 눈치예요. 어떡하죠? 이렇게

되면 제가 아니라 회사 차원에서 나서주시는 게…….

양잉은 마오옌에게 원하는 답이 두 개 있었다.

첫째, 하재건 작가가 주인공을 중국인으로 변경하도록 만들겠다는 것.

둘째, 중국 배우라도 한국인 배역을 연기할 수 있다는 확신을 심어주는 것.

어느 쪽도 마오옌에게는 어려웠다.

첫째는 예상보다 강력한 재건의 고집을 확실히 안 까닭이고, 둘째는 주인공의 국적에 맞춰 배우를 캐스팅해야 한다는 나름의 믿음 탓이다.

살다 보니 영화 제작사의 대표가 된 마오옌이 아니었다. 어릴 적부터 영화를 보면서 꿈을 키워왔고, 많은 일 뒤에 오늘날 이 자리에 올랐다.

–네? 대표님, 들으신 거 맞죠?

양잉이 은근한 어투로 재촉하듯 물었다.

마오옌은 짧은 한숨을 토해내고는 일어섰다. 중국 최고의 여배우와 한국 최고의 작가 중에서 어느 쪽의 손을 들어줘야 할지 판단이 섰다.

"미안해."

–네……?

"하 선생님 의지가 생각보다 확고하시더군. 마음을 돌리기 어렵겠어.

—그렇다면 제 동생은……?

"중국 배우가 한국인을 연기하는 건 내 철학과 어긋나. 뭐가 됐든 어설픈 건 혐오스러워."

일단 결정을 내렸으면 망설이지 않는다.

스스럼없이 이어지는 마오옌의 말에 전파 저편의 양잉은 호흡이 떨리기 시작했다.

—대표님, 지금 하시는 말씀은…… 그럼 제 체면은요?

"아직 정해진 바는 없어."

자신의 손으로 직접 커피를 타면서 마오옌이 말을 받았다.

"린민홍 부장에게도 얘기했지. 하 선생님이 중국에 머무시는 동안 나서지 말라고. 당장 내가 해줄 수 있는 부분은 아무래도 여기까지인 것 같아. 즉 양잉에게는 아직 기회가 있는 거야."

상대방을 달래려는 듯이 마오옌의 목소리는 너그러웠다.

그러나 양잉은 이에 수긍하지 못하고 발끈해서 맞받아쳤다.

—이대로 하 선생의 의견을 들어주시겠다는 말씀이나 다름없잖아요? 그러면 대표님 체면은요? 지금 상황은 대표님이 한 사람의 작가에게 휘둘리시는 것밖에…….

커피를 휘젓던 마오옌의 손길이 멈췄다. 동시에 그녀는 두 눈매를 험악하게 뒤틀면서 서늘하게 내뱉었다.

"감히 내 앞에서 체면을 운운해?"

–아, 대, 대표님…… 저는……!

"많이 건방져졌어. 지금 누구랑 얘기하고 있다고 생각하는 거지? 최고의 배우가 되었다고 자만이라도 하기 시작한 건가?"

–죄, 죄송해요……! 죄송해요, 대표님! 제가 수, 순간적으로 정신을 못 차리고 말실수를…… 했어요! 제가 잘못했어요!

양잉은 숨이 넘어갈 것처럼 헐떡이며 다급히 사죄했다.

제아무리 인기 배우가 되었다고 한들 상대는 틴센트 픽처스의 대표다. 마오옌은 거대 자본으로 중국 영화계 전반을 손에 쥐고 흔드는 거물인 것이다.

마오옌이 세차게 혀를 한 번 찼다.

다시 커피를 휘저으면서 그녀는 말했다.

"내 기분을 조금이라도 위한다면 오늘은 이쯤에서 그만 끊지."

–네, 네. 대표님, 정말 잘못했어요. 부디 너그러이 용서해 주시고…… 이만 끊을게요.

전화를 끊은 마오옌은 커피를 홀짝이며 창가로 가 섰다. 몰라보게 발전한 중국 도심을 내려다보면서 그녀는 재건의 존재를 처음 알게 된 때를 떠올렸다.

재건의 작품은 의심하지 않는다.

애초에 '질풍노도'란 작품을 써낸 필력에 매료돼서 연을 맺었다. 새로이 모습을 드러낼 지존록 시리즈는 주인공이 뭐가 됐든 중국에서 승승장구할 것이다.

지금까지 틴센트 문학을 통해 중국 시장에 출시된 작품들의 판매량이 바로 그 증거다.

하지만…….

기어이 마오옌은 핸드폰을 꺼내 들었다.

재건은 중국인이 아니다.

그렇게 속으로 곱씹으며 번호를 눌렀다.

―네, 마오옌 대표님.

"하재건 선생님께 전화 한 통 드려보세요. 혹시 현대지존록이 영화화가 되었을 때 추천하시고 싶은 배우가 있으신지 한번 여쭤보세요."

시간이 지나 마오옌은 부하의 보고를 전해 들을 수 있었다.

그녀의 입가에 아주 천천히 야릇한 미소가 퍼졌다. 어렴풋하게나마 절반의 명분이 완성되고 있었다.

125장

모든 것이 따뜻해

“이수희가 먼저 우리를 다 보자고 하네.”

“근데 재건이 없으니까 어쩐지 심심하다.”

불판 위의 삼겹살이 노릇노릇 익어간다.

결혼을 앞둔 정진과 효진, 그리고 수희는 잔을 높이 들어 건배를 나눴다.

“박정진, 아~ 해.”

“아~”

정진이 입을 찢어져라 벌리고 효진이 싸준 쌈을 받아먹었다. 수희가 가늘게 뜬 눈을 흘기며 도리질을 했다.

“어휴, 눈꼴시어. 이제 곧 신혼이라고 아주 티를 내는구나.”

“너도 재거이라 이러 거며서 머어.”

"너 내가 먹으면서 말하지 말라 그랬지? 그리고 수희랑 재건이는 우리처럼 못 할걸?"

"천효진, 그건 또 무슨 말이야?"

수희의 물음에 효진은 키득거리며 대꾸했다.

"너 얼음공주잖아. 네가 재건이한테 고기쌈 해서 먹이는 모습 상상 안 가."

"나, 나도 해주거든?"

"발끈하는 것 좀 봐, 우리 수희 공주님 어떡하니. 나, 나도 해주거든? 호호호!"

"따라 하지 마, 너어! 혼나 볼래, 천효진?!"

"꺄악! 간지러워! 아하핫, 하지 마! 내가 잘못했어!"

"……어이, 아가씨들. 여기 삼겹살집이거든요?"

즐거운 시간이 이어졌다. 간만의 모임이었지만 대학 시절부터 친했던 세 사람은 웃음을 멈추지 못하고 어울렸다.

이런저런 대화 속으로 술잔을 기울인 끝에 수희가 새로운 화제를 꺼내 들었다.

"정진아, 효진아. 너희들 자주 여행 가는 곳이 어디니?"

"자주 여행 가는 곳?"

"그러니까 안 가 봤더라도 자주 가고 싶은 국내 여행지 말야. 수시로 갈 수 있고 편안히 쉴 수 있는 그런 곳."

정진과 효진은 멍한 얼굴로 서로를 쳐다보았다. 갑자기 왜 이런 질문을 하나 싶으면서도 두 사람은 차례차례 대꾸했다.

"아무래도 바다가 있는 쪽이 좋지."

"기왕이면 동해? 남해는 너무 멀지만 동해는 그래도 3시간 안팎이면 갈 수 있으니까. 근데 여행을 엄두나 내겠냐. 경비가 한두 푼 드는 것도 아니고."

수희가 생긋 웃으며 고개를 끄덕였다.

효진은 그녀의 잔에 소주를 따라 주며 물었다.

"근데 이런 건 왜 묻니?"

"너희 의견도 듣고 싶었어."

"우리 의견이라니? 점점 더 아리송한 말만 하네?"

"재건이가 별장 하나 짓고 싶다고 했거든. 가족들 포함해서 가까운 사람들 수시로 쓸 수 있는 그런 별장. 근데 너희 의견도 꼭 수렴하고 싶다고 하더라."

더욱 어안이 벙벙해지는 연인 앞에서 수희는 안도의 한숨을 내쉬었다.

"취향이 맞아서 다행이다. 재건이도 지금 동해 쪽 알아보고 있었거든. 그럼 그렇게 전해줘야지."

"나는 참 복도 많다."

정진이 살며시 고개를 떨어뜨리고 중얼거렸다. 자주 만나지 못해도 친구는 친구였다. 변함없는 우정이 고마워서 가슴이 먹먹했다.

"그리고 하나 더."

"하나 더라니?"

"재건이가 너희 결혼 선물 엄청 고민하고 있어. 애가 워낙 생각이 많잖니. 어려워하지 말고 나한테 말해줘. 그럼 내가 은근슬쩍 전해줄게."

"결혼 선물은 무슨…… 방금 그 별장만도 엄청난 선물인데."

드르륵!

탁자 위에서 핸드폰이 몸을 떨었다. 재건의 전화였지만 숨길 필요가 있어서 수희는 아닌 척 핸드폰을 들고 일어섰다.

"회사 전화다. 잠깐만 받고 올게."

"천천히 와."

수희는 식당 바깥으로 나와 전화를 받았다.

"응, 재건아."

–정진이랑 효진이 만났다면서?

"그래, 만났어. 삼겹살 먹고 있어."

–재밌겠다. 얘기는 해봤어? 정진이가 동해도 좋대? 선물은 뭐 받고 싶대?

"아직 얘기하는 중이야. 아주 소년처럼 목소리 들뜬 것 봐. 정진이가 그렇게 좋니?"

–좋고 말고가 어딨어, 친군데.

수희가 피식 웃음을 터뜨렸다.

밤거리의 야경이 특출한 것도 아닌데 몹시 아름답게 느껴졌다. 재건과 함께 이 풍경을 볼 수 없다는 것이 안타까웠다.

–보고 싶다, 수희야.

"이제 닷새도 안 남았잖아. 일 잘 마무리하고 돌아와."

–리카랑 눈솔이는 별일 없지?

"아주 잘 있어, 건강하고."

–더 브레스는 어때? 소미 씨는 웹툰 잘하고 있어?

"내 안목 알잖아. 내가 선택한 사람이 일 못하는 거 봤어?"

–그래, 다행이다. 여하튼 이제 곧 본다. 아, 미리 말하는데 공항 나오지 마. 정신없을 것 같으니까 내가 알아서 갈게.

"메일로도 얘기했잖아. 알았어……. 아, 재건아."

수희가 조금 전의 일을 상기하고는 목소리를 낮추고 물었다.

"있잖아, 너."

–어, 여기 있어. 뭔데? 말해.

"여자가…… 고기 같은 거 싸주고 그러면 좋아?"

질문이 끝나기가 무섭게 재건은 한바탕 웃음을 터뜨렸다.

–갑자기 뭐야? 정진이랑 효진이가 그랬어? 아, 대박 웃기네. 이수희 공주님 대단해, 사람을 이렇게 웃길 줄도 알고.

"됐어, 끊어. 비웃기나 하고."

울컥한 수희가 입술을 깨물었다.

전파 너머로 재건의 사죄가 다급히 이어지고 있었다. 식당 쪽을 돌아보면서 수희는 결정했다. 재건이 돌아오는 날 저녁 밥은 삼겹살이다.

BIG LIFE

"나는 하 선생 곁에 엄청난 스승이 계실 거라고 생각했어요. 묻지는 못했지만 그 스승이란 분의 존재가 무척 궁금했었지요. 하지만 최근까지 계속 이어지는 하 선생의 작품들을 보니 내 착각이었어요. 청량하고 완숙하면서 수시로 허를 찌르는 이 필력……. 모든 건 하 선생 스스로 일궈낸 고유의 필력이었다는 생각이 듭니다."

착륙까지 10분을 채 남기지 않은 비행기 안.

여전히 재건의 뇌리에는 리즈팅의 말이 맴돌고 있었다.

상하이에서 조사를 끝내고 귀국하기 하루 전 리즈팅과 만났다.

그와의 만남은 언제나 그렇듯이 신비로우면서도 기묘하게 끝을 맺었다.

'어쩌면…….'

재건은 자신의 두 손바닥을 내려다보고 있었다.

'선배님께서 떠나 버리셨다는 내 느낌이 맞는 건지도…….'

생각을 할수록 점점 더 미궁으로 빠져드는 기분이다.

옆 좌석의 태원은 끊임없이 고민하는 재건의 기색을 진즉부터 알아채고 있었다. 작품에 대한 고민이겠거니 하고 말은 걸지 않았지만 내심 걱정도 들었다.

"하 작가님, 이제 곧 착륙이네요."

태원이 말을 걸었다.

상념에서 깨어난 재건이 창밖을 바라보며 고개를 끄덕였다.

"그러게요. 눈 깜짝할 사이에 도착이네요."

"생각이 많으셔서 그런 걸 겁니다. 비행 내내 무슨 생각을 그렇게 하셨던 거예요? 지존록 때문에요?"

재건은 쓴웃음을 지으며 고개를 가로저었다. 이것은 비단 태원만이 아니라 그 누구에게도 할 수 없는 얘기니까.

기장의 안내 음성이 스피커를 통해 울리기 시작했다.

BIG LIFE

수속을 마치고 게이트를 빠져나온 순간.

찰칵! 찰칵! 찰칵!

재건과 태원은 무심코 손을 들어 눈부신 앞을 가렸다. 수십 개의 카메라가 플래시 세례를 터뜨리고 있었다.

"하재건 작가님! 중국에서의 일정은 잘 끝나셨습니까?!"

"틴센트 픽처스 측근과 접촉하신 사진이 인터넷에 떴는데요! 무슨 이야기를 하신 건지 한 말씀만 부탁드립니다!"

"혹시 양잉도 만나셨나요? 만나셨으면 무슨 얘길하셨나요?"

"지존록 시리즈가 영화화되는 겁니까? 배우는 결정되었습니까? 일정은 어떻게 되고 있습니까?"

얼마간 예상은 했지만 이 정도로 많은 기자가 몰려왔을 줄이야. 재건은 따로 매니저가 없다. 그나마 태원이 옆에서 재건을 단단히 붙잡고 보좌하고 있었다.

"죄송하지만 좀 비켜주세요! 인터뷰는 추후 하겠습니다!"

태원의 외침은 효과도 없이 파묻혔다. 기자들은 들은 척도 하지 않고 계속해서 앞을 에워싸고 있었다.

"으윽!"

어느 순간 재건이 미간을 좁히고 아픔을 호소했다. 근처 기자가 들고 있던 카메라에 팔목이 부딪치면서 강렬한 통증이 일었다.

바로 그때.

"비키세요! 비켜주세요!"

"재건이 형! 여기예요! 저희 왔어요!"

재건과 태원이 두 눈을 동그랗게 떴다.

사무실의 남자 작가들이 총출동을 한 참이었다. 언제나 든 든한 연우를 필두로 민호, 현경, 재희, 성현에 이르는 작가들이 하나로 뭉쳐 모세의 기적처럼 길을 만들어내고 있었다.

"아니, 나오시지 말랬더니 다들 여긴 왜……?"

"매니저가 마중을 안 나오는 게 말이 돼요? 다른 작가님들도 형 걱정된다고 같이 오신 거예요. 빨리 가시죠!"

종종 인터넷 SNS에도 떠오르곤 했던 하재건 사단이 움직인다. 절대로 열리지 않을 것 같았던 길이 만들어지고 출구가 보이기 시작한다. 재건은 기쁘게 웃으며 그리로 향했다.

"어?! 잠깐만요!"

재건이 갑자기 걸음을 멈추고 돌아섰다. 그러고는 다시금 기자들의 틈바구니를 뚫으며 오던 길을 거슬러 가는 것이었다.

이해되지 않는 그의 행동에 작가들은 어이가 없었다.

"재건이 형, 뭐 하시는 거예요?!"

"잠깐만, 연우야! 나 좀 잠깐만 도와줘! 이리 와!"

재건이 허리를 숙이더니 흡사 미친 사람처럼 공항 바닥을 두리번거렸다. 급기야 두 눈을 빛내더니 바지가 더러워지는 것도 마다하지 않고 무릎을 꿇었다. 힘껏 뻗은 손끝은 기자들의 구둣발 사이를 헤집고 있었다.

그리고 잠시 후.

"됐어, 찾았다. 이제 가자."

"형 대체 뭘 하시느라……?!"

재건의 손을 본 연우는 말을 잇지 못했다.

누군지도 모를 기자에게 밟힌 손등이 찢어져 핏물이 흘러내리고 있었다.

하지만 연우가 놀란 건 상처 때문이 아니었다. 재건이 손에 꼭 쥐고 있는, 유리가 깨지고 줄이 끊어진 손목시계 때문이었다. 사무실 작가들이 돈을 모아 선물한 그 시계를 연우가 모를 리 없었다.

"재건이 형……."

"수리하면 돼. 빨리 가자, 빨리."

아무렇지도 않은 척 재건이 발걸음을 서둘렀다.

연우는 큰 덩치로 양팔을 뻗고 재건의 등 뒤를 지켰다. 하재건 사단이라는 이름으로 또 한 장의 사진이 인터넷 뉴스를 장식하는 순간이었다.

"재건이 형, 생수요. 일단 씻으세요."

"고맙다."

차 뒷좌석에 오른 재건이 생수병을 받아 들고 손등에 물을 부어가며 씻었다. 작가들은 상처가 쓰라려서 미간을 좁히는 그를 애틋하게 바라보았다.

"그냥 두고 오시지 그러셨어요. 더 크게 다치셨으면 어쩌시려고요……."

조수석에 앉은 민호가 말했다.

자신이 선물한 시계를 줍다가 다친 재건을 보니 죄책감이 들었다. 그 표정을 읽은 재건은 고통을 숨기고 씩 웃어 보였다.

"살짝 쓰라리기만 하지 별로 다치지도 않았어요."

운전석의 연우가 시동을 걸며 말을 받았다.

"무슨 기자들이 이렇게 많이 몰려들었대요? 근데 진짜 형, 응급처치 하고 가야 하는 거 아니에요?"

"왜 너까지 호들갑이야. 별거 아니니까 가다가 약국이나 들르자. 좀 조용한 곳에서."

이윽고 차가 달리기 시작했다.

재건은 주간경향 기자 성범의 의견을 듣지 않았던 걸 내심 후회하고 있었다.

연예인도 아닌 작가의 입국 현장에 이렇게 많은 기자가 몰릴 줄은 몰랐다.

'하긴, 관심을 받을 만도 하지. 나 하나만 얽혀 있는 일은 아니었으니까.'

재건은 작가들 몰래 한숨을 내쉬며 손안의 시계를 꾹 잡았다. 손등의 상처 따윈 아무런 문제도 아니었다. 작가들이 선물해 준 시계가 부서진 것이 못내 가슴 아팠다.

'방송은 전부 그만두는 게 좋겠어.'

파손된 시계를 내려다보며 재건은 생각했다.

아무 방송을 하지 않아도 도준이나 채린, 유나와의 인맥으로 종종 얼굴이 노출되는 판국이다. 신작이 출간될 때마다 마케팅의 일환으로 해왔던 방송은 지금까지 한 것만으로도 충분하다. 어차피 올해는 여러모로 바빠지게 되었으니 시기도 좋지 않을까.

"따라붙는 기자들 없지?"

"없는 거 같은데."

경계심을 풀지 못한 작가들이 창 너머로 사방을 주시하고 있었다.

그러던 와중에 재건의 핸드폰이 울렸다. 도준으로부터 날아든 짧은 메시지였다.

"연우야, 미안한데 목적지 좀 바꿔야겠다."

메시지를 읽고 난 재건이 말했다.

한적한 도로 위에서 차는 더욱 속도를 높여갔다.

BIG LIFE

"와우, 우리 대작가님께서 오자마자 나부터 찾아주시고. 먹고 싶은 거 있으면 전부 말해. 계란말이만 빼고 내가 뭐든지 만들어준다."

"아니, 너의 요리는 정중히 사양하겠다."

재건이 정색하며 두 손을 내밀고 거절했다.

도준이 요리하면 그 어떤 음식이건 간에 외양은 폭탄으로 정해져 있다. 심지어 맛까지 폭탄인 경우가 대부분이었다.

"감히 우주 대스타의 요리를 거절해?"

"도준아, 부탁이니까 넌 연기만 하자."

"이거 전부 수희 씨 탓이야. 수희 씨가 요리를 너무 잘하니까 네 입맛만 더 까다로워졌다고."

"야, 내 입맛은 엄청나게 보편적이야. 네가 해주는 음식 뭐든 곧잘 먹는 채린이가 대단한 거야."

두 사람이 주스를 한 잔씩 잡고 마주 앉았다.

도준은 시원한 주스를 한 모금 들이마시는 재건의 손을 빤히 바라보고 있었다.

"너, 손 왜 그래?"

"아, 별거 아냐. 넘어졌어."

"어떻게 넘어지면 손등이 다치는데? 보통 넘어질 땐 손바닥으로 바닥을 짚지 않냐?"

"아무튼 그건 중요한 게 아니고, 이거 선물."

재건이 옆에 놓아둔 쇼핑백을 눈으로 가리켰다.

"이게 뭐야?"

"뭐긴, 네가 좋아하는 술이지."

"나보다 네가 더 좋아하잖아. 근데 왜 두 병이냐?"

"중국은 선물 짝수로 하는 걸 선호한다면서. 그래서 두 병 샀지."

"어쨌든 고맙다. 정진이도 못 본 지가 오래인데 다음에 다 같이 한잔 마시자."

정진의 이름이 나오자 재건은 반갑게 웃으며 즉시 물었다.

"너 말 잘했다. 정진이 이제 곧 결혼하는데 어떡할래? 올 수 있겠어?"

"전에 말했던 거 까먹었어? 무조건 간다고 했잖아."

"그래, 정진이가 엄청 좋아하겠다. 하객들도 그렇고."

말을 마친 재건이 하품을 하며 한껏 기지개를 켰다. 장시간의 비행 탓에 피로가 상당했다.

"도준아, 나 여기서 한 시간만 자도 되냐?"

"나 나가도 계속 자도 된다. 그러지 말고 방에 가서 자."

"여기도 편해."

재건이 소파에 비스듬히 몸을 눕혔다. 그곳에 놓여 있던 한 권의 노트가 머리에 닿았다.

"이건 뭐냐?"

"……?!"

도준은 아차 싶어 입을 떡하니 벌렸다.

영화 '건두부' 시나리오였다.

재건이 오기 전에 치운다는 걸 깜박 잊었다.

"아, 별거 아냐. 이리 줘."

그러나 재건은 주지 않았다.

첫 페이지를 펼쳐 든 그는 몇 줄을 읽기도 전에 두 눈을 동그랗게 뜨며 중얼거리는 것이었다.

"이은하 감독님 시나리오네."

"알아……?"

"나 이 감독님이랑 친해. 이거 구상하실 때도 나랑 얘기했었는데. 이제 완성된 건가 봐? 어? 그러고 보니 이게 왜 너한테 있냐?"

질문에 대한 대답은 재건의 두 눈이 먼저 찾아냈다. 소파 한 구석에는 시나리오만 있었던 것이 아니었다. 너덜너덜해진 중국어사전과 회화집도 널브러져 있었다.

"너 건두부 출연하기로 했어?"

"……."

도준이 침묵으로 수긍했다.

재건의 얼떨떨한 시선을 느끼면서 그는 이윽고 입을 열었다.

"작품이 좋아서 꼭 해보고 싶었다."

"독립 영화잖아. 게다가 이거 주인공 중국인인데 할 수 있겠냐? 뭣보다 너 지금 질풍노도 성공시키고 배우로서 주가도 한창인데…….”

도준은 시선을 내리깐 채 쓰게 웃었다.

역시나 재건의 반응도 지금까지 보아왔던 다른 사람들과 차이가 없는 것이다.

그런 것쯤은 아무래도 좋았다.

걱정해 주는 것이 당연하니까 오히려 고마운 일이다.

다만 재건이 자신의 자존심을 생각해서 더 묻지만 말아주기를 간절히 바라는 도준이었다.

잠시 후.

“멋있다.”

“……?”

의아해져 고개를 든 도준 앞에서 재건은 웃고 있었다.

“내가 짧게 생각했던 것 같다. 너는 평생토록 배우로 살아갈 텐데 연기하고 싶은 배역을 맡아야지.”

“진심이냐?”

“어, 나는 응원한다.”

재건이 도준의 어깨를 한 차례 다독여 주고는 소파에 누웠다.

돌아누운 그의 등을 보면서 도준은 문득 생각했다. 어쩌면 재건은 이미 내 속마음을 전부 읽은 것은 아닐까 하고.

그래서 도준은 재건의 등에 대고 물었다.

"재건아."

"말해."

"너 나랑 친해져서 힘든 거 없어?"

"네가 그런가 보지?"

도준이 쓴웃음을 지으며 일어섰다. 스스로 생각해도 한심하기 짝이 없는 질문이었다.

그가 욕실로 샤워를 하러 들어선 직후, 재건은 조용히 한숨을 내쉬었다. 친구의 부담이 조금이라도 덜어졌기를 속으로 기원하면서.

또다시 봄이 오고 있었다.

BIG LIFE

[하재건 입국 현장, 떨어진 손목시계를 줍다가 다친 모습 포착. SNS 통해 과격한 취재 비난 쏟아져]

[하재건 과거 출연했던 '나 혼자 살아' 재조명. '사무실 작가들이 선물해 준 손목시계, 세상에서 가장 소중한 물건']

[하재건 중국 방문 목적은? '질풍노도' 제작한 틴센트 픽처스와의 다음 작은 '지존록 시리즈' 유력?]

[하재건, '한동안 TV와 라디오를 비롯한 모든 방송 사양. 글 쓰

는 일에만 전념할 것']

[동해 시장, '하재건 작가가 동해시로 전입하면 동해시를 대표하는 문화 콘텐츠가 개발될 수 있을 것']

인터넷에서는 재건을 두고 연일 기사가 쏟아져 나오고 있었다.

심지어 당사자인 재건이 예측하지 못했던 종류의 기사도 많았다. 기사를 읽다 보면 자기가 아닌 다른 사람의 이야기인가 싶은 착각마저 들 정도로.

"동해시 이 얘기는 또 어디서 나오게 된 거지. 부동산 한 번 보러 내려갔을 뿐인데."

자리에서 일어선 재건은 커피 한 잔을 들고 정원으로 나섰다. 창틀에 꼭 붙어 웅크리고 있던 리카와 눈솔이 그 뒤를 따랐다.

"아, 따뜻해."

따스한 햇살이 피부 속으로 스며든다.

재건은 봄날의 향취를 만끽하면서 폐부 깊숙이 싱그러운 숨을 들이마셨다. 새벽녘부터 글을 쓰면서 축적된 피로가 단숨에 사라지는 기분이었다.

'현대지존록은 거의 다 끝냈고. 문제는 더 브레스야. 서양인의 관점은 이해하기 쉬운 것 같으면서도 은근히 어렵단

말야.'

'더 브레스' 계약을 맺은 미국의 오픈하우스 측과는 여전히 수시로 연락을 주고받고 있었다.

영어 실력이 출중한 수희가 소통에 큰 도움이 되어주었다. 좋은 조언은 수용하고 이해되지 않는 부분은 길고 짧은 논의를 거치며 '더 브레스'를 나날이 개량해 가고 있었다.

'고민만 한다고 풀릴 일이 아니지.'

짧은 산책을 마치고 나면 다시 서재의 노트북 앞이다.

중국에 다녀온 이후 재건은 밤낮을 가리지 않고 글에만 집중했다.

쓰는 글은 크게 3가지로 '지존록 시리즈', '더 브레스', 그리고 틈틈이 손을 보고 있는 '사람의 악의'다.

타다다닥!

타닥! 타다닥!

키보드를 두드리는 손가락을 쉴 틈이 없었다.

조만간 누나의 결혼식이 있고 그 이후엔 자신도 장가를 가야 한다. 시간과 환경이 여유로울 때 최대한 집중해서 결과물을 뽑아내야 한다.

방송을 비롯해 집필 이외의 모든 활동을 중단한 이유도 여기에 있었다.

'뭐가 먼저 나가게 될까.'

중국에서의 '지존록 시리즈'가 먼저일까. 아니면 미국에서의 '더 브레스'가 먼저일까. 쓰는 본인도 일정을 가늠할 수 없었다.

재건이 할 수 있는 일은 그저 최선을 다해 써내는 것뿐이었다.

드르륵!

핸드폰이 울리며 수희의 이름이 떠올랐다.

재건은 웃는 낯으로 받자마자 대뜸 말했다.

"오늘 저녁은 섞어찌개 먹으러 가자."

–인사도 없이 밥 얘기부터 하고 있어. 미안하지만 오늘은 우리 하 작가님 혼자 드셔야겠네요. 메롱.

전파 저편의 수희가 놀리듯이 말했다.

재건은 즉시 심각해져 한쪽 눈두덩을 움찔거리며 물었다.

"뭐야, 왜? 선약 있어?"

–응, 그렇게 됐어.

"누구랑?"

–남자랑 데이트.

믿지 않는 재건은 하품을 했다.

회사 업무 때문이구나 하고 생각하는 와중에 수희가 새된 목소리로 말을 이었다.

–하품이 대답이니? 나 진짜 남자랑 데이트 있다니까?

"그래, 잘 다녀와. 몇 시쯤 퇴근인데?"

–진짜 재미없다, 하재건. 나 실은 아버님 뵈러 수원 가.

"뭐? 아버지?"

비로소 재건이 두 눈을 큼지막하게 떴다.

"갑자기 우리 아버지는 왜?"

–모르겠어. 언제 저녁 한번 먹었으면 좋겠다고 하셔서. 오늘도 상관없다고 말씀드렸지. 그래서 수원 내려가게 된 거야.

"같이 가, 그럼. 나도 준비할게."

–안 돼, 아버님께서 나만 오라고 하셨어.

"거짓말하지 마."

–내가 이런 걸로 왜 거짓말을 해. 나한테만 아주 중요하게 하실 말씀 있으신 것 같아. 나 이제 완전 며느리로 인정해 주시는 거 아닐까? 후훗.

"그럼 다녀와서 꼭 얘기해 줘."

결국 재건은 그렇게 말할 수밖에 없었다. 하지만 수희는 단호하게 대꾸했다.

–그건 아버님 말씀의 무게를 보고 내가 판단해서 말해주든가 말든가 할 거야. 나 이제 차 시동 걸었어. 나중에 전화할게.

"운전이나 조심해."

전화를 끊은 재건은 머리를 싸매며 고심했다.

아버지가 수희와 단둘이 만나서 꺼낼 이야기가 대체 뭘까.

아무리 머리를 굴려 봐도 도통 떠오르는 것이 없었다. 궁금해서 미칠 것 같았다.

BIG LIFE

그로부터 약 1시간 후.

수희와 석재는 수원 본가 인근의 한 식당에 마주 앉았다. 담담한 표정의 석재를 살피며 수희는 내심 긴장하고 있었다.

'정말로 나만 부르셨네…….'

궁금한 것보다는 두려운 마음이 더 큰 수희였다. 잘못한 것도 없는데 모로 두고 앉은 발끝이 심하게 저려왔다.

"편하게 앉지 그러니."

"네, 네. 아버님. 지금도 편합니다."

"이 식당은 처음이지? 버섯전골 맛이 좋아서 너 한번 먹여 주고 싶었다."

"고맙습니다, 아버님. 제가 먼저 덜어 드릴게요."

석재는 수희가 덜어 준 찌개보다 한 잔의 소주를 먼저 목젖으로 넘겼다. 그러더니 안주머니에 손을 집어넣고 뭔가를 꺼내 들었다.

"이걸 주려고 보자고 했다."

"……?"

수희가 두 눈을 동그랗게 떴다.

석재가 상 위에 내려놓은 것은 오래돼서 색이 바랜 통장이었던 것이다.

"아버님, 이건……?"

"재건이 앞으로 들었던 적금이다. 이제 네가 맡아줬으면 좋겠다."

석재가 그렇게 말하며 눈짓을 보냈다.

수희의 떨리는 두 손이 통장을 잡아 들었다. 첫 장을 펼치자 '재건이 놈 서른 살에 줄 것'이라는 메모가 가장 먼저 두 눈에 들어왔다.

"재건이한테 직접 전해줄 수가 없었다."

수희가 고개를 치켜들었다.

석재는 또 한 잔의 소주를 느릿하게 따르고 있었다.

"난 솔직히 재건이가 글로 밥벌이 못할 줄 알았다. 즉 그 통장은 아들을 믿지 못한 못난 애비의 치부인 셈이지."

수희가 애처로운 시선으로 고개를 가로저었다. 그러거나 말거나 석재는 중얼거리듯 말을 계속했다.

"무림지존록 흥행한 뒤부터는 안 넣었다. 이제 돈 잘 벌잖아, 자식. 그리 큰돈은 못 되지만 우리 며느리한테 내가 주는 선물이라고 생각해 줬으면 좋겠다. 쓰고 싶은 데다 마음껏 써라."

"아버님……!"

"처음 봤을 때부터 알았다. 재건이 놈 인생에 복을 가져다 준 사람은 다른 누구도 아니고 우리 며느리였다. 우리 가족이 되어줘서 정말로 고맙다."

수희가 두 손으로 기도하듯 제 콧등을 덮었다. 두 눈 가득 고인 뜨거운 눈물이 뺨과 손등을 타고 줄기차게 흘러내렸다.

석재는 아무 일도 없었다는 듯이 태연하게 국자로 찌개를 휘젓고 있었다.

126장

누나가 시집간다

"놀랄 노 자네, 놀랄 노 자야."

달리는 차 안에서 권성득이 중얼거렸다. 결혼식장에 가는 길이었기에 차림은 말끔한 정장이었다. 빠르게 지나가는 차창 바깥의 풍경을 보면서 그는 혀를 끌끌 찼다.

"내가 환갑이 넘도록 수도 없이 많은 재벌가 결혼식에 참석했지만 이런 경우는 또 처음이군그래. 우리 보좌관은 어떻게 생각하나?"

"그러게 말입니다, 의원님. 저도 이해되지 않습니다. 신부 측은 정말 아무것도 없는 일반적인 집안입니다."

4선 의원 성득과 보좌관이 나누는 대화를 들으며 운전기사는 속으로 코웃음을 터뜨렸다.

소위 문화체육관광 방송통신위, 일명 문방위 소속 의원이란 사람이 결혼식장에 가면서 이렇게나 사전 준비가 없을 줄이야.

대대적으로 뉴스가 난 것도 전혀 모르는 모양새였다. 하기야 이해가 되지 않는 것도 아니었다. 어차피 성득의 참석 목적은 규백 및 규호와의 인맥을 유지하기 위함이니까.

"그러고 보니 주경록 의원도 참석한다고……."

"빌어먹을 새끼."

성득이 듣자마자 재떨이에 침을 퉤 뱉고는 이를 갈았다.

"아스팔트 뒤엎고 제 주머니 채울 줄밖에 모르는 놈. 내가 거꾸러뜨리려고 예의주시 하고 있어."

말은 그렇게 해도 성득의 이 말엔 실상 부러움이 담겨 있다는 사실을 보좌관도 기사도 알고 있었다.

성득이 속한 문방위는 속된 말로 좀처럼 돈을 만들어낼 구석이 없는 상임위인 것이다.

결혼식 장소는 서울에 위치한 국내 최고급 호텔이다.

도착까지 5분가량의 시간을 남겨뒀을 즈음 보좌관이 생각났다는 듯이 말했다.

"아, 그러고 보니 의원님."

"뭔가?"

"신부의 오빠인가 남동생이 유명한 작가라는 얘기가 있었습니다. 혹시 아셨습니까?"

"아니, 몰라."

성득이 심드렁하게 대꾸했다.

그는 자신이 소속된 분야에 거의 관심이 없었다. 부와 명예의 상승에 연결되지 않는 귀찮은 일은 일절 사양이었다. 모양새 좋게 뽑아낼 필요가 있는 사업은 전부 문화관광부에 위임하고 잊어버리면 될 일이다.

"아, 지금 검색해 보니 하재건이라고 합니다."

"하재건…… 하재건…… 뭐 썼지? 아……!"

성득이 돌연 두 눈을 치켜떴다.

책을 거의 읽지 않는 그도 어렵지 않게 떠올릴 수 있는 이름이었다.

"그 작가 그거 요전에 류바우 선전부장과 만난 작가 맞지?"

"네, 의원님."

"그걸 왜 이제야 보고해!"

성득이 대뜸 호통을 쳤다. 보좌관은 즉시 사색이 되어 양어깨를 높이 들었다.

"죄, 죄송합니다. 의원님……!"

"빨리 달려!"

차가 속도를 높여갔다. 성득은 기름기가 흐르는 양 뺨을 부풀리며 생각에 잠겼다. 하재건의 존재는 오늘 결혼식에서 생각지도 못한 수확이었다.

음험한 미소가 부루퉁한 입술을 타고 흘렀다.

"어, 도준아. 지금 도착했어? 메인 통로에는 취재진 있으니까 그쪽으로 가지 말고 엘리베이터 타. 응, 태봉이 형이 아실 거야. 내가 어제 말씀드렸어."

재건이 핸드폰에 대고 설명했다.

상상 이상의 취재진이 몰려든 상황이었다.

어찌 보면 당연한 결과다. 재벌가의 후계자와 한낱 평범한 지방 보습 학원 원장의 결혼식이니 세간의 이목을 끌기에 충분하고도 남을 일인 것이다.

"그래, 올라오면 보자. 네가 빨리 와서 신부 측에 좀 있어줘라. 신랑 측에 비해서 우리 쪽 너무 썰렁하다."

-그렇단 말이지? 알았어, 우주 대스타께서 이제 곧 올라갈 테니까 기다리고 있어라.

재건이 웃으면서 전화를 끊었다.

손을 씻은 다음 세면대 앞 거울을 들여다보며 그는 넥타이를 고쳤다. 수희가 직접 골라준 정장이 마음에 쏙 들었다.

결혼식은 차분하게 진행되고 있었다.

인터넷을 달궜던 뉴스들과는 사뭇 다른 조용한 풍경이었다. 대중의 시선을 의식해서인지 인기 연예인들의 화려한 결혼식과 비교하면 오히려 소박해 보였다.

결혼 소식이 발표된 날부터 오늘에 이르기까지 별의별 말도 많았다.

고정관념을 깨뜨린 아름다운 사랑이라고 축하하는 반응이 대다수였으나 한편으로는 부정적인 견해도 많았다.

신부 측에게 약점을 잡힌 부분이 있을 거라느니, 혹은 규호가 규백의 친아들이 아닐 거라느니 하는…….

그 와중에 또 화제가 되었던 건 역시 재건의 존재였다. 한국 최고의 작가 반열에 오른 재건과 넥션의 기획 이사 규호의 접점은 더할 나위 없이 좋은 기삿거리가 분명하니까.

다양한 언론이 두 사람에 대해 집중적으로 재조명했다.

결혼식이 시작된 이 순간에도 계속해서 기사가 쏟아져 나왔다.

덕분에 재건은 한 일도 없는데 실시간 검색어 1위에 내내 이름을 올리고 있었다.

'힘드시겠네…….'

화장실에서 나와 복도를 지나가던 중, 재건의 시선이 바닥에 길게 깔린 붉은 융단 끝으로 향했다.

한복을 차려입은 규백이 병풍을 등지고 서 있었다. 길게 줄을 선 하객들과 일일이 악수하며 인사를 나누는 중이었다.

'결혼식 끝나기 전까지 하셔도 다 못 하실 것 같은데.'

신랑 측의 하객 숫자는 그야말로 압도적이었다.

재건은 이렇게나 많은 하객이 참석한 결혼식을 실제로 본 일이 없었다. 보안 요원의 수만 따져도 일반 결혼식 하객 전체보다 많은 것이다.

심지어 길게 줄을 선 하객의 대부분은 사회 각계를 대표하는 인물들이었다. 정치인과 기업인은 물론이고 연예인들도 부지기수였다. 넥션에서 출시된 게임 광고에도 등장했던 낯익은 연예인도 더러 보였다.

'확실히 다르구나.'

재건은 일반적으로 쉽게 경험하지 못할 지금의 결혼식을 무심히 지나가지 않았다. 분명히 작가로서 이러한 장면을 묘사해야 할 날이 올 테니까.

그는 두 눈을 똑바로 뜨고 사방의 풍경을 뇌리에 담고 있었다. 노트와 펜을 지참하지 않은 일이 후회스러웠다.

"여기서 뭐 하냐, 재건아."

등 뒤로 다가온 정진이 어깨를 툭 쳤다.

재건은 정진을 한번 돌아보고는 다시 하객의 행렬 쪽으로 시선을 돌리며 대꾸했다.

"그냥 구경하고 있었어."

"야, 진짜 근데 내가 이런 곳에 서 있어도 되는 거냐."

흥분한 기색의 정진이 혀끝으로 입술을 핥았다. 재건과 친한 친구인 데다 재인과도 친했으니 그 역시 자연스레 청첩장을 받아 결혼식에 참석한 것이다.

"아까 보니까 전 대통령도 두 사람이나 왔더라. 진짜 대기업 회장은 달라. 인맥 폭발한다."

"그래, 대단한 사람 많네. 당장 저 줄만 봐도 그렇잖아."

"너도 대단한 사람이야. 사람들 시선 좀 살펴봐라. 너 힐끗힐끗 쳐다보는 거 안 느껴지냐?"

정진의 말에 재건이 주변을 둘러보았다. 돌이켜 보니 결혼식장에 들어와서 난생처음 보는 사람들과 자주 시선이 마주쳤던 듯도 했다.

곧이어 바로 그 순간, 근방을 지나치던 한 일행이 재건 앞에 멈춰 섰다. 아담한 체구의 중년 부인과 20대 중반으로 보이는 젊은 아가씨였다.

"실례합니다, 혹시 하재건 선생님 아니신지요?"

"네, 맞습니다. 제가 하재건입니다만……."

기품이 넘치는 중년 부인에게 대답하며 재건은 속으로 고개를 갸웃했다. 어딘가에서 본 적이 있는 듯한 얼굴인데 좀처럼 생각이 나질 않았다.

중년 부인은 해맑게 웃더니 핸드백에서 명함을 꺼내 공손히 내밀었다.

"안녕하세요, 현정숙이라고 합니다."

"아아, 네. 안녕하십니까."

재건은 인사와 동시에 상대에게 실례가 되지 않도록 재빨리 명함을 두 눈으로 훑었다.

현정숙이라는 이름은 기억에 없지만 명함에 새겨진 '아트센터 잠자리'라면 그도 아는 바였다. 종로구 모처에 자리한 이 미술관에는 과거 정진과 방문한 적도 있었다.

"이렇게 뵙게 돼서 무척 기쁩니다. 선생님 작품은 항상 즐겁게 읽고 있습니다. 좋은 작품 써주셔서 감사드립니다."

"영광스럽습니다, 관장님. 저도 아트센터 잠자리에 여러 번 갔었습니다. 참 좋은 곳입니다."

"어머, 그러셨어요?"

"네, 이 친구가 제 동기인데요. 대학 시절부터 친해서 같이 여러 번……."

옆을 본 재건은 멍해져 말을 잇지 못했다. 무슨 까닭인지 정진이 기겁을 한 표정으로 진땀을 흘리고 있는 것이 아닌가.

현정숙이 자기 옆의 젊은 아가씨를 가리키며 소개했다.

"제 둘째 딸입니다. 제 딸이 먼저 선생님 작품을 알게 돼서 제게 소개해 줬어요. 소명아, 인사드려야지."

"안녕하세요, 선생님. 유소명이라고 합니다. 유학을 마치고 돌아와 어머니의 일을 본격적으로 배우고 있어요."

유소명은 수줍은 미소로 얼굴을 붉히면서도 말을 이었다.

"올해 봄 들어서 대대적으로 아트센터를 단장했어요. 조만간 한번 와주셨으면 좋겠어요."

"네, 알겠습니다. 꼭 한번 가겠습니다."

재건의 말에 소명이 기쁨을 감추지 못하고 입을 가리며 웃었다.

정숙은 딸의 팔을 살며시 잡고 뒤로 한 걸음 물러서며 작별을 고했다.

"그럼 오늘은 다망하실 터이니 이만 물러가겠습니다. 다음에 꼭 한번 연락주시고 찾아오시면 식사 대접하겠습니다."

"말씀만으로 감사드립니다. 그럼 관장님께서도 좋은 하루 되시고 또 뵙겠습니다."

정중하게 인사를 나누고 난 뒤 정숙과 소명 모녀가 떠나갔다. 받아 든 명함을 지갑에 넣는 재건에게 정진이 숨을 헐떡이며 물었다.

"야야, 너 어떻게 그렇게 태연자약하냐?"

"또 왜 그러는데?"

"너 지금 너한테 말을 건 사람이 누군지 몰라?"

"현정숙 관장님이시라잖아. 왜? 또 아주 유명한 미술관 관장님이라서 기겁했냐?"

재건이 농담조로 대꾸했다.

순간 정진은 고릴라처럼 주먹으로 제 가슴을 두드릴 뻔했다.

"아트센터 관장님이라서 대단한 게 아냐. 아버지가 전 대통령이었고 남편은 새롬건설 대표이사잖아. 너한테 말을 건 사람이 이런 사람이었다고."

"아, 그래서 낯이 그렇게 익었구나……."

고개를 주억거리는 재건 앞에서 정진은 어이가 없었다.

"뭐? 그래서 낯이 그렇게 익었구나? 와, 이 자식은 어떻게 이리도 태평할 수가 있지? 딱 보니까 자기 딸 너한테 소개시켜 주려는 모양인데…… 캬아, 하재건 클래스 어디까지 올라갔나요?!"

"앞서가지 좀 마. 그럴 리도 없고 어디 가서 이런 얘기 꺼내지도 마라. 수희 귀에라도 들어가면 나 진짜 난리 난다."

슬슬 도준이 올라올 때도 되었기에 재건은 정진을 끌고 돌아섰다. 그들의 눈앞으로 한 남자가 뚜벅뚜벅 걸어오고 있었다.

재건과 정진은 약속이나 한 것처럼 두 눈을 가늘게 떴다.

"……."

"……."

서로 간에 오가는 인사말은 없었다.

수많은 하객으로 붐비는 복도 한가운데, 재건과 명훈은 무심한 시선으로 서로의 얼굴을 바라보며 한참을 우두커니 서 있었다.

"오랜만이다."

이윽고 먼저 입을 연 쪽은 명훈이었다.

"잘 지내고 있었어?"

"잘 지냈어. 너는 어때?"

"나도 무탈하다."

정진은 빨리 재건을 데리고 자리를 뜨고 싶은 마음뿐이었다. 누나가 결혼하는 좋은 날에 이렇게 명훈과 맞닥뜨리게 될 줄이야 상상이나 했겠는가.

신부 측의 하객일 리는 없으니 신랑 측과 관계가 있을 터다.

"뉴스로 네 소식은 자주 듣고 있었다."

한 걸음 다가서며 명훈이 말을 이었다.

"국세청에서 고액 성실 납세자로 이름까지 올렸더라. 돈 많이 벌었을 것 같은데 얼마나 벌었어? 한 300억은 되나?"

"잘 모르겠다. 계산해 본 적이 없어서."

"축복 쏟아지네, 하재건. 누님 결혼식도 그렇고. 축하한다."

예전보다 훨씬 나아지긴 했으나 여전히 명훈의 말투는 은연중에 빈정거리는 기색이었다.

보다 못한 정진이 재건의 팔을 잡아끌었다.

"정진이 너까지 이런 곳에서 보게 될 줄은 몰랐다."

명훈이 의외라는 눈빛으로 정진을 바라보며 말을 건넸다.

질문에 숨겨진 저열한 의도를 모를 리 없는 정진은 대꾸하지 않았다.

대신 재건이 말을 받았다.

"아무튼 신부의 가족으로서 와줘서 고맙다."

"고맙기는."

"좋은 시간 보내. 우린 친구가 와서 만나러 가야겠어."

"……?"

찰나의 순간 명훈이 미간을 좁혔다. 자신은 친구로 여기지 않는다는 의미로 들렸던 것이다.

재건과 친구로 지내는 건 자기 쪽에서도 사양이지만 치밀어 오르는 불쾌한 감정은 별개의 문제였다.

"어, 나도 슬슬 움직여야 할 참이었어."

가더라도 내가 먼저 간다.

명훈은 태연한 척 발을 내디뎠다. 그러나 재건의 옆을 스쳐 가는 순간, 일순 발을 멈추고 아주 작은 목소리로 고하는 것이었다.

"하재건…… 나 아직 안 끝났다."

명훈이 말하는 끝나지 않았다는 의미는 글에 대해서일까. 아니면 전혀 다른 문제일까. 재건은 알 수 없었고 궁금하지도 않아서 되묻지 않았다.

"이만 간다."

"조심히 가라."

말을 마친 명훈이 성큼성큼 자리를 떴다.

인파 속으로 섞여드는 그 모습을 바라보며 정진이 이를 갈 듯이 중얼거렸다.

"저 새끼는 어떻게 변함이 없냐? 저렇게 1년 365일 신경에 날 선 채로 살면 안 피곤하냐?"

"신경 쓰지 마. 그럴 일도 없어."

"쟤는 무슨 인연으로 여길 왔지? 그러고 보니 자기 집안에 대해서는 전혀 말도 안 했잖아. 대학 시절부터 돈이 많아 보이기는 했는데 말이지."

재건은 웃으며 정진을 돌려세웠다.

훤칠한 키의 도준이 눈부신 모습으로 등장한 참이었다. 세 친구의 거리가 좁아지면서 환한 미소가 사방을 밝히기 시작했다.

BIG LIFE

화기애애한 분위기 속에서 결혼식은 성공적으로 끝을 고했다.

내로라하는 유명 인사들이 하객으로 참석했고, 그들 사이의 이해타산에 따른 묘한 긴장감이 군데군데 돌았던 점을 빼면 여느 결혼식과 다를 바 없는 풍경이었다.

"와줘서 고맙다. 바로 또 이동해야 돼?"

"가더라도 밥은 먹고 가야지."

"태봉이 형은?"

"잠깐 화장실 갔어."

하객들이 식당으로 이동하는 길목에서 재건과 도준은 잠시 기다리고 섰다.

그사이에도 재건은 무수한 사람들과 인사를 나누느라 진땀을 빼야 했다.

"혹시 하재건 작가님이신가?"

등 뒤에서 생소한 남자의 목소리가 울렸다.

돌아보니 60대의 한 남자가 웃는 낯으로 서 있었다. 국회의원 권성득이었지만 재건은 알아보지 못했다.

"권성득 의원님이십니다."

곁의 보좌관이 조심스레 나서서 소개해 주었다.

재건이 고개를 끄덕이며 답하려는 찰나, 성득이 자신만만하게 웃으며 먼저 손을 뻗어왔다.

"만나서 반갑네, 하 작가. 나 권성득이라고 하네."

'……?'

순간 재건의 양쪽 관자놀이가 찌르르 울렸다. 아무리 나이가 많고 윗사람이라지만 처음 만나는 자리다. 대뜸 반말로 하대하는 성득을 용납할 수 없었다.

"내가 문방위 소속 의원이라 오다가다 언젠가는 만날 사이라고 생각했지. 그런데 이렇게 만나게 되니 거참 반갑구만. 이럴 줄 알았다면 차에서 책이라도 가져올 걸 그랬지. 하하하!"

성득이 너털웃음을 터뜨렸다.

차에 책이 있다는 말도 당연히 거짓말이다. 애초에 재건이 신부의 남동생이었다는 사실도 오는 길에 알았다.

"거 뭐지? 그래, 드라마로도 만들어진 단편집 말일세. 슈퍼마켓 사람들, 그거 참 잘 읽었네."

재건의 입가에 도준만 알아볼 수 있는 실소가 어렸다.

'슈퍼마켓 사람들'이라는 제목의 소설은 쓴 역사가 없다. 그러거나 말거나 성득은 동의를 구하듯 자기 보좌관을 돌아보며 말을 계속 늘어놓는 것이었다.

"그리고 거, 소년의 90년과 멍청한 사람은 내 애독서지, 보좌관? 그리고 영화로 개봉된 바다로 간다, 아니지 바다로 가자! 그래, 그것도 참 감명 깊게 읽었지. 안 그런가?"

"그, 그렇습니다. 의원님."

보좌관은 광대뼈 위의 살갗을 파르르 떨며 힘겹게 웃었다.

차라리 말이나 말 것이지. 그다지 길지도 않은 제목을 어떻게 하나같이 틀릴 수가 있을까.

"고맙습니다."

재건이 무표정하게 말을 받았다.

불쾌하지 않을 수 없는 상황이지만 감정을 숨겼다. 사랑하는 누나의 결혼식장이고 수많은 유명 인사와 취재진이 모여 있다. 조금이라도 남들의 이목을 끌 일은 사양이었다.

"그럼 즐거운 시간 되십시오. 죄송하지만 저는 가족들 때문에 움직여야 할 것 같습니다."

재건이 악수에 응하지 않고 작별을 고하는 것으로 마음을 전달했다. 성득은 머쓱한 듯 양 콧구멍을 벌렁거리며 손을 거둬들이고는 고개를 끄덕였다.

"그래, 바쁠 만도 하지. 다음 기회를 보기로 하세."

다음 기회를 보자고 말한 성득의 입이 즉시 뒷말을 덧붙이고 있었다.

"근데 하나 묻고 싶은 게 있어. 이번에 중국 갔을 때도 류바우 선전부장과 비공식적으로 회동이 있었나?"

"……."

"역시, 있었나 보군?"

성득이 떠보는 듯한 눈빛으로 야릇한 미소를 흘렸다. 그러고는 재건의 대답이 나오기도 전에 혼자 발끝을 딱딱거리며 결론을 냈다.

"조만간 문화부 사람들과 자리 한번 만들지. 내가 좋은 작품으로 국위 선양하는 자네를 돕고 싶어서 그래."

성득이 본의를 숨기고 입에 발린 말을 술술 늘어놓았다.

지금껏 문방위에 몸담고 있으면서 수많은 창작자를 만나왔다. 대부분이 세상의 흐름엔 무지하고 글 쓰는 것밖에 모르는 사람이었다.

심지어 지금 상대인 재건은 이제 고작 서른 살 먹은 애송이다. 작가로서 아무리 이름을 날리고 있다고 해도 사람으로서는 아직 철부지인 것이다.

손바닥에 올려놓고 쥐락펴락하는 건 일도 아니라는 것이 성득의 생각이었다. 그러한 관계를 수립하기 전에 일단은 덮어놓고 띄워줘야 할 필요가 있었다.

"자원도 없는 우리나라 같은 곳에서 콘텐츠 산업은 필수지, 필수. 자네는 이 무한한 가치를 담고 있는 국가적 산업의 선봉이야. 참 대단한 인재야. 정말 자네가 자랑스럽네."

재건은 입을 다문 채 말이 없었다. 꾹 다문 입안에서 혀끝으로 볼 안쪽을 문지를 뿐이었다.

곁에 선 도준은 긴장해서 목울대를 울렸다. 재건의 표정이 거울을 보듯이 낯익었기 때문이다. 화가 났을 때 으레 나오곤 하는 자신의 습관인 것이다.

"문화부 차관에게는 오늘 전화를 넣겠네. 다함께 머리를 맞대고 논의해 보면 좋은 사업이 떠오르지 않겠나. 자네도 집필하느라 공사가 다망할 테니 일정을 조율해서…….”

“그러실 필요 없을 것 같습니다.”

재건이 성득의 말을 자르고 대꾸했다.

옆에 선 도준은 자기도 모르게 몸을 흠칫 떨었다. 재건이 이렇게 말머리를 꺼냈을 때 대화가 어떻게 흘러갈지 십중팔구 직감한 까닭이다.

“제 입장으로는 의원님과 문화부에서 일하시는 분들을 뵙고 논의할 만한 일이 없습니다. 격려 말씀과 성의만은 감사히 받겠습니다.”

“아니, 자네 너무 단호하구만. 단호박인가? 하하하.”

성득이 무안한 상황을 면해보려고 우스갯소리를 터뜨렸다. 웃는 사람은 성득 한 사람뿐이었고 분위기는 더욱 악화되었다.

“그럼 정말 먼저 가 보겠습니다.”

“이, 이보게. 하 작가.”

재건이 도준을 데리고 돌아섰다.

성득은 닭 쫓던 개 지붕 쳐다보듯 멀거니 서서 할 말을 잃었다. 보좌관은 그의 표정이 똥을 씹은 것처럼 천천히 뒤틀려 가는 것을 낱낱이 볼 수 있었다.

“머리에 피도 안 마른 자식이 왜 저렇게 뻣뻣해? 제길, 여간해선 다루기 어렵겠는데.”

“의원님, 하재건 작가를 통해서 구상하실 사업이라는 것이 무엇인지 궁금합니다.”

성득은 보좌관의 질문에 대답하지 않았다.

이미 큰 그림은 뇌리에 그려져 있었다. 재건의 작품을 읽지는 않았지만 중국 시장에서 얼마나 선방하고 있는지는 안다.

성득이 필요로 하는 것은 지금 이 순간에도 성장하고 세계로 뻗어 나가고 있는 재건의 재능이 아니다. 표적은 이미 재건이 이룩한 기반과 성과다.

중국 정부 및 거대 기업과 자신을 이어줄 수 있는 묵직한 주춧돌. 그것이 바로 하재건이란 작가인 것이다.

“저놈은 대어야.”

“의원님……?”

“두고 보라구. 문방위에도 해 뜰 날이 올 테니. 나는 대어를 물고 용이 되겠네.”

성득이 용이 되기를 꿈꾸며 이를 가는 사이, 재건과 도준은 복도 끝의 모퉁이를 지나며 대화를 이어가고 있었다.

“백 퍼 속셈이 있는 거야. 정치가는 딱 보면 알아. 이용당할 일 없도록 조심해라, 재건아.”

“그 속셈이란 게 뭘까?”

“알 수 없지. 투자 유치라도 하려는 건가.”

재건이 투자 유치에 관해 질문을 하려는 순간.

몇 미터 떨어진 눈앞으로 낯익은 두 남자가 나타났다. 재건은 무심코 걸음을 멈추고 섰다.

"재건아, 왜 그래?"

"……잠깐만."

재건이 전방에 시선을 고정시킨 채로 도준에게 손을 내저었다.

서로 다른 곳에서 만난 두 남자가 함께 있다.

한 사람은 이미 인사를 나눈 명훈이었다. 그와 함께 있는 나머지 한 사람이 재건을 놀라게 만들고 있었다.

"아버지, 이쪽이에요."

"그래, 가자."

두 부자의 대화는 재건의 귀에도 똑똑히 들려왔다.

웅성출판그룹의 수장은 재건을 발견하지 못하고 그대로 걸음을 옮기기 시작했다. 그 뒤를 따르는 명훈이 재건을 알아보고 힐끔 시선을 던졌지만 그것뿐이었다. 이윽고 두 사람은 재건의 시야를 완전히 벗어났다.

"갑자기 왜 멍하니 서 있는데? 무슨 일이야?"

도준이 다시금 심각하게 물었다.

재건은 희미한 미소로 고개를 내저으며 대꾸했다.

"아냐, 그냥 어느 집안의 가계도를 알게 돼서."

"알아듣게 말을 해라. 넌 진짜 가끔씩 보면 너무 이상해. 글만 쓰지 말고 어디 놀러도 가고 좀 그래."

재건은 피식 웃으며 도준의 어깨를 쳤다.

머리로는 사랑을 선택하고 집을 떠난 유능한 편집자 한 사람을 생각하고 있었다.

BIG LIFE

[작가 하재건과 배우 박도준, 친구의 결혼식장에서 각자 사회와 축가로 돈독한 우정 과시]

[하재건 축사에 신랑 폭풍 같은 오열, '네가 곁에 있어줘서 오늘까지 무너지지 않았다']

[사흘 앞으로 다가온 박도준 신작 시사회, 독립 영화 '건두부'는 어떤 영화?]

[재벌가 며느리 된 하재건 누나, 평범한 복장으로 카페서 친구와 담소를 나누는 모습 포착]

"나는 5월이 좋아요, 여보. 바람 쐬러 나가기도 딱 좋고."

명자가 정원 한 곳의 꽃밭을 손보며 말했다. 새로 지어진 단독주택이다. 전에 살던 곳과는 면적이 비교할 수 없으리만치 넓었다. 심고 싶은 것을 전부 심어도 땅이 남아돌아서 명자는 행복했다.

"이런 날 재건이, 재인이 불러다 동물원이라도 다녀오면 얼마나 좋을까."

"혼자 한숨만 쉬지 말고 전화를 해, 전화를. 당신이 그렇게 푸념하고 있으면 뭐, 텔레파시라도 통해서 걔들이 알아먹나?"

석재의 나무람에도 불구하고 명자는 또 한숨을 내쉬었다.

"아들은 글 쓰느라 바쁘고 딸은 재벌 집안에 시집을 갔으니 어떻게 전화를 해요."

"그러다 재건이 놈까지 장가가면 그땐 더 보기 힘들어져. 그리고 엄마가 지 자식들 보고 싶으면 봐야지, 왜 당신 혼자 미리 걱정하고 망설여?"

"그러면 어디 당신이 한번 전화해 보지그래요?"

"……내가 전화하면 싫어해."

"기가 막혀. 무슨 근거로 그런 말을 한답니까?"

"아, 몰라. 거 울타리 만들어 달라고 해놓고서 왜 자꾸 집중력 흐트러지게 말을 걸고 그래?"

드르륵!

평상 위에 놓아둔 핸드폰이 울렸다.

수희의 아버지 경욱으로부터 걸려온 전화였다. 석재는 즉시 하던 작업을 멈추고 핸드폰을 잡았다.

"아이고, 사돈께서 어쩐 일이십니까?"

–주말이고 날씨도 좋은데 적적해서 전화 한 통 드려봤습니다. 별고 없으십니까?

"일이야 뭐 있을 것이 있겠습니까. 과년한 딸 혼사도 치렀고 아주 편안합니다. 하하하."

석재가 핸드폰에 대고 호탕하게 웃어댔다. 경욱과 마음이 잘 맞는 까닭이다.

평소에는 좀처럼 볼 수 없는 그 모습에 명자는 혼자 콧방귀를 뀌고 있었다.

–부부 동반으로 산이나 한번 가시지 않으시겠습니까?

"아아, 산이요?"

–말이야 산이지, 초입이나 슬쩍 돌아보고 나서 저녁이나 맛있게 하시죠. 거기 제가 아는 초당두부집이 있는데 맛이 기가 막히게 좋습니다. 평상이 널찍해서 장기 두기에도 그만입니다.

"그거 무척 반가운 말씀이십니다. 그러면 지금부터 준비해서 나가면 되겠군요."

이윽고 석재가 싱글벙글해서 전화를 끊었다.

끙 소리를 내며 허리를 펴고 일어선 명자는 다 알겠다는 표정으로 물었다.

"그렇게 좋소?"

"거, 당신도 좋잖아. 바람 쐬러 나가고 싶었다며? 마침 잘 되지 않았어?"

틀린 말은 아니어서 명자는 이미 채비를 하러 집 안으로 들어서는 중이었다.

하지만 역시 가슴 한구석의 근심은 그대로였다.

'우리 딸은 괴팍한 시아버지 때문에 엄청 고생하고 있을지도 모르는데…… 애미 혼자 이렇게 좋아도 되나 몰라.'

남편의 잔소리가 성가셔서 입 밖으로 꺼내지도 못하는 근심이었다.

길게 내쉰 한숨이 5월의 훈풍 속으로 섞여들었다.

BIG LIFE

그와 같은 시각.

규백의 집 안에서는 명자의 추측과 정반대의 일이 벌어지고 있었다.

'슬슬 공부하러 나갔겠지……?'

서재에서 살며시 빠져나온 규백이 날카로운 시선으로 사방을 두리번거렸다.

재인이 세 번이나 확인하러 들어왔고 전부 자는 척하면서 상황을 모면했다.

'내 오늘만은 멀건 식사 대신 먹고 싶은 걸 꼭 먹고 만다. 세상에 그걸 건강식이라고……! 염소 새끼가 씹어대는 종이가 차라리 맛있겠군.'

간밤에 식당을 배경으로 한 소설을 읽은 것이 치명적인 실수였다.

아내도 좋아했던 튀김이 먹고 싶어 버틸 수가 없어졌다. 튀김을 먹으려면 잔소리꾼 며느리를 피해야 했기에 혼신의 힘을 다해 연기를 한 것이다. 막걸리 한 모금만 몰래 마셔도 귀신같이 알아보는 며느리가 두렵기 짝이 없었다.

'배 실장까지 한통속이라니. 세상에 믿을 사람 하나 없어.'

규백은 혀를 끌끌 차며 편안한 신발을 신었다.

살며시 현관문을 열려는 순간, 등 뒤에서 사신의 목소리가 울렸다.

"어머. 언제 일어나셨어요, 아버님?"

"……?!"

규백이 사색이 되어 그 자리에 굳듯이 섰다.

모진 역경과 풍파를 헤치고 이날까지 살아온 그의 몸이 걷잡을 수 없는 두려움으로 요동치고 있었다.

"너, 너야말로……."

쥐어짜 낸 듯한 규백의 목소리가 비정상적으로 꺾여 있었다.

"너야말로 어, 언제 일어났니? 아니, 그게 아니라 공부는…… 하러 가지 않았니?"

"아버님 몸이 편찮으신 것 같아서요. 도무지 마음이 놓이지 않아서 오늘은 집에서 공부하기로 했어요. 필요하신 건 다 저에게 말씀하세요, 아버님."

규백은 야구방망이로 뒤통수를 얻어맞은 듯한 느낌이었다.

집에서 공부하기로 했다고?

영화제에서 남우주연상을 수상할 만큼 사력을 다한 연기는 다 무엇을 위해서였단 말인가.

"아가야……. 나는 잠깐 바람을 좀 쐬려고……."

"어머, 그러셨어요? 제가 모실게요."

"아, 아니. 그럴 것 없다. 멀리도 안 가고 끽해야 요 앞에나 돌 걸, 뭐. 나 신경 쓰지 말고 어서 들어가서 하던 공부나 마저 해라."

"아니에요, 아버님. 저도 머리가 무거워서 산책 좀 했으면 좋겠다고 생각하던 참이었어요. 잠시만 기다려 주세요."

그로부터 5분 후.

규백은 세상 다 살았다는 얼굴로 길을 걷고 있었다.

나란히 걷는 며느리가 이끌어주는 길을 따라 멍하니.

127장

영어는 못하지만 괜찮아

타다다닥! 타닥!

타다닥!

키보드를 두들기는 연우의 손가락이 도무지 멈출 기색이 없다.

현경은 의아한 눈으로 돌아보며 고개를 갸웃거렸다. 아버지가 돌아가신 뒤로 확연히 달라지긴 했지만 그래도 오늘은 너무 열심히 쓰고 있는 것이다.

잠시 후, 연우가 화장실에 가려고 일어섰다.

그사이를 틈타서 현경은 몰래 연우의 노트북을 들여다보았다. 이내 그의 얼굴에 미소가 번졌다.

'난 또 뭐라고, 어쩐지…….'

연우가 쓰고 있는 글은 소설이 아니었다. 애초에 풍천유 작가의 애독자로서 블로그를 운영하던 연우다. 오늘도 아침부터 재건에 관한 일화를 적느라고 열심이었던 것이다.

'재미있게 잘 쓰네. 재건이 형도 보시면 좋아하시겠는데.'

현경이 키득거리며 글을 읽는 사이, 등 뒤로 다가와 선 재건이 상체를 앞으로 숙이며 물었다.

"뭘 그렇게 재밌게 봐?"

"아, 언제 나오셨어요? 이거 연우 블로그요. 아시죠?"

재건이 웃으며 고개를 끄덕였다.

"나도 자주 들어가서 읽어. 재미있더라."

"방문자 수도 엄청나요. 책으로 내도 될 정도로 양도 많고. 형의 인간적인 모습이랄까. 그런 부분들이 부각돼서 독자들도 엄청 좋아하고요. 이거 어떻게 활용할 길 없나?"

"활용은 무슨……. 됐고 밥이나 먹으러 가자. 연우는 어디 갔어?"

"화장실 들어갔어요, 방금."

재건의 주머니에서 핸드폰이 몸을 떨었다. 액정 위에 떠오른 것은 간만에 반가운 유진의 이름이었다.

"여보세요?"

―하 선생님, 잘 지내시고 계시죠?

"네, 잘 지내고 있었습니다. 유진 씨는 어떠세요? 인사드리러 찾아뵌다고 말만 하고 아직도 찾아뵙질 못했네요."

–점점 몸이 무거워지는 것 빼면 다 좋아요. 아, 애기가 자라서 무겁다는 게 아니구요. 하도 잘 먹어서 돼지가 되어간다는 뜻입니다. 호호호.

유진의 웃음소리는 언제 들어도 상쾌해서 듣는 사람의 기분을 좋게 만든다. 덩달아 재건도 소리 내어 웃었다. 유진의 미소가 그치는 일 없이 유지될 수 있어서 다행이었다.

–오늘 연락드린 건 오픈하우스 에이든으로부터 연락이 왔기 때문이에요.

"에이든이요?"

–네, 하 선생님. 이제 본격적인 스타트라구요. 완결까지 원고 이대로 내면 되겠대요. 표지랑 마케팅, 그리고 몇 가지 상의해야 할 게 있는데 언제쯤 시간이 되시겠어요?

"저야 오늘 당장에라도 됩니다."

–역시 화끈하셔요. 쇠뿔도 단김에 빼랬다고 그럼 오늘 뵐까요? 집으로 오시면 제가 맛있는 저녁 차려드릴 수도 있어요.

몇 마디 대화가 더 오간 후 재건이 전화를 끊었다.

유진의 목소리가 워낙 컸기에 곁에 선 현경도 대부분 들은 참이었다.

"미국 진출이 먼저네요?"

"그러게. 오늘 같이 밥 못 먹겠다."

그렇게 말하며 재건은 연우의 노트북으로 다시금 눈길을 주었다. 이때까지만 해도 그는 알지 못했다. 차곡차곡 세월을 따라 블로그에 쌓인 추억이 추억 이상의 힘을 발휘하게 되리라는 것을.

"아이구, 하 선생님. 뭘 이런 걸 다 사가지고 오셨어요?"

"뭘 사야 좋을지 몰라서 잡히는 대로 사왔습니다. 아니, 몸도 무거우신데 받지 마시고 어디다 둘지 말씀하세요."

"죄송해요, 선생님. 그럼 저쪽에 부탁드려요."

재건이 양손 가득 들고 있던 선물을 주방의 경계에 내려놓았다. 허리를 펴고 심호흡을 하는 그에게 유진이 말했다.

"편집장님은 잠깐 마트 가셨어요. 하 선생님 드실 술 몇 병 산다고요."

"저는 그냥 소주만 있으면 충분한데요."

"네, 그래서 소주 사러 간 거예요. 후후훗. 잠시 앉아 계세요. 커피 한잔 드릴게요."

"고맙습니다."

유진이 콧노래를 흥얼거리며 주방으로 향했다. 살짝 부푼 아랫배에 손을 얹고서 커피를 타는 모습이 아름다워서 재건은 웃었다.

한 아이의 엄마가 되었기 때문일까?

유진에게서 흘러나오는 분위기가 예전과는 달랐다. 그 어떤 미사여구로도 형용하기 힘든 고귀한 기운이 미소와 함께 살포시 퍼진다.

이 찰나의 단상 하나만으로 천성이 글쟁이인 재건은 얻은 바가 있었다.

삑삑삑삑.

비밀번호를 입력하는 소리가 울렸다.

재건이 돌아본 순간 문이 열리며 양손에 봉지를 든 명석이 보였다.

"죄송합니다, 하 선생님. 오시기 전에 미리 준비하고 기다리고 있었어야 하는데 술을 깜박해서요. 술 사는 김에 안줏거리도 좀 집었습니다."

명석이 주방으로 가 유진과 나란히 섰다.

식사를 몇 시쯤에 맞춰 준비해야 할지에 관해 대화를 나누는 두 사람은 영락없는 신혼부부의 모습이었다.

한 점 후회도 없는 해맑은 웃음이 서로를 바라보는 얼굴에 만연했다.

"그럼 하 선생님하고 먼저 업무 보고 있어. 식재료는 내가 다듬어 놓고 있을 테니까."

"역시 우리 자기 최고야. 그럼 부탁 좀 할게."

재건과 유진은 넓은 탁자에 나란히 앉아 노트북 전원을 켰다. 그리고 화상 회의 프로그램으로 오픈하우스의 벤과 에이든까지 4명이서 회의를 시작했다.

주방의 명석은 이따금 그 모습을 힐끗거리며 즐거운 듯이 식사를 준비하고 있었다.

회의는 골치 아플 일이 없었다. 원고는 전부 통과됐고 남은 건 일정과 표지 및 판형 디자인, 그리고 마케팅 방식에 대한 것들이었다.

이러한 부분들에 있어서 재건은 완전히 마음을 놓았다. 어차피 유진이나 오픈하우스 측이 자신보다 월등히 전문가다. 재건은 그들을 믿었다.

–부제는 드래곤 라이더로 갑니다. 하 선생님, 어떠세요? 더 브레스 드래곤 라이더, 이렇게요. 불만 있어요? 아니, 죄송합니다. 선생님, 불만 있습니까?

"아니요, 불만 없습니다."

재건이 어쩔 수 없이 웃으며 말을 받았다. 표정으로 자신의 실수를 알아챈 에이든의 표정이 심각해지고 있었다.

–저 또 한국어 잘 못해서 실수를 했어요? 실수를 했으면 용서해요. 노노, 아니, 용서해 줘요. 선생님.

"실수하시지 않았어요. 그리고 한국어 엄청 잘하십니다. 제 영어 실력에 비하면 편집장님의 한국어 실력은 그냥 이거죠."

재건이 카메라에 대고 엄지손가락을 세워 보였다.

칭찬 하나로 단숨에 기분이 좋아진 에이든이 아이처럼 천진난만하게 웃었다.

—맞아요, 하 선생님 영어는 못하지만 괜찮아요. 저 한국어 잘하니까 맡겨요. 그리고 지켜보세요. 하 선생님 더 브레스 성공해서 오픈하우스도 커져요.

환한 웃음으로 회의가 마무리되었다.

조만간 또 한국에 놀러 오겠다는 인사를 끝으로 벤과 에이든이 퇴장했다. 뒤를 이어 재건과 유진도 노트북을 덮고 일어섰다.

"고생하셨어요."

"하 선생님도요. 세상 참 편해졌다는 걸 매번 느낀다니까요. 바다 건너 미국인과 얼굴 보면서 회의라니. 이거 완전 SF 소설 속 세계 아닌가요?"

일이 끝났으니 이제는 뒤풀이다.

세 사람은 맛난 저녁상을 두고 둘러앉아 여흥을 즐겼다. 맛있는 음식과 풍미를 돋워주는 몇 잔의 술, 나른하게 몸이 늘어지는 기분이 좋아서 재건은 내내 미소를 그치지 않고 있었다.

"어머, 또 하 선생님 특집으로 토론하네요."

유진이 영화 채널로 바꾸려던 리모컨을 내려놓고 말했다.

그녀의 말대로 사회자와 여럿 패널이 모여 토론을 벌이고 있었다. 주제는 재건이 문학계에 끼친 득과 실이었다.

[……하재건이란 작가가 문단문학과 장르 문학의 경계를 허물어뜨리는 데 지대한 공을 세웠거든요? 이건 영향이 아니라 공이라고 표현해야 됩니다.]

[저도 동의합니다. 보세요, 주류와 장르의 구분이 무의미하다는 지적은 2000년대 초반부터 꾸준히 나왔어요. 출판업이 불황에서 탈출하려면 근간부터 뜯어고쳐야 하고 세간의 인식이 바뀌어야 해요. 네? 이름을 밝힐 수 없는 그 문단을 장악한 집단 아시죠? 그네들부터 생각을 바꿔야 합니다. 하지만 그러지 않았고 여기에 하재건이 막대한 영향을 끼쳤다고 볼 수 있죠.]

문득 명석과 유진이 약속이나 한 것처럼 재건을 돌아보았다. 뿌듯한 미소가 가득한 얼굴들이다. 재건은 머쓱해져 소주 한 모금을 홀짝이고는 말했다.

"별로 재미없는 것 같은데 다른 데 보시죠."

"하하하, 왜요. 하 선생님, 전 너무 재미있는데요."

유진은 리모컨을 꾹 잡고서 재건의 청을 들어주지 않았다.

그리고 잠시 후, 카메라가 반대 진영을 가리키면서 한 남자의 모습이 TV 화면 가득 나타났다.

[아무튼 하재건의 등장은 긍정적으로만 평가할 건 아니라고 생각합니다. 속된 말로 팔리면 장땡이 아니라는 거죠. 왜 순문학과 장르 문학이 분간되겠습니까?]

생방송이라는 사실을 잊은 듯한 거친 말투의 사내.

재건은 물론이고 명석과 유진도 누군지 단번에 알아보았다. '스무 살의 여름'으로 인연을 맺었던 감독 우재훈이었다.

"감독이 영화는 안 찍고 웬 토론회……?"

명석이 말끝을 흐리며 유진에게 슬며시 눈짓을 보냈다. 재건이 불쾌해할 것 같아서였다. 재훈은 십중팔구 제 말이 진리인 것처럼 부정적인 말들만 늘어놓을 테니까.

그러나 유진은 명석의 신호를 알아채지 못했다. 그저 이를 악문 채 TV 화면의 재훈을 뚫어져라 노려보고 있을 뿐이었다.

[지금 돌아가는 언론이나 인터넷 상황을 보면 말이죠. 띄워줘도 너무 띄워줘요. 마치 한국에 하재건 말고는 작가가 없다는 듯이 말입니다.]

[무슨 말씀을 하시는지 모르겠네요, 우재훈 감독님. 그리

고 굳이 따지고 들어가자면 띄워줄 만하지 않습니까? 원작 소설은 말할 것도 없고 2차 창작도 웹툰, 게임, 영화와 드라마까지 여러 분야에 걸쳐 성공했잖아요.]

[그러니까 그게 어디 하재건 작가 혼자만의 파워냐 이 말입니다, 저는! 거 참 평론가란 사람이 말귀를 못 알아들으시네.]

[말귀를 못 알아들으시는 건 제가 아니라 우재훈 감독님이신 거 같은데요? 아, 하재건 작가 혼자만의 파워가 아니라는 말씀은 조금 이해되네요. 감독님께서 만드신 영화 스무 살의 여름은 무척 박한 평가를 받은 데 비해 이은하 감독이 만든 드라마판은 아주 극찬 일색이었잖아요? 그런 뜻이죠?]

[지금 사람을 인신공격하는 거요!]

[어머, 감독님 흥분하셨네. 흥분은 링에 가서 하시고 토론회에서는 근거를 대셔야죠. 하재건 작가에게 무슨 억하심정 있으신가?]

[뭐요? 살살 웃으면서 사람을 놀려?!]

[자자, 진정들 하시구요. 지금 생방송입니다, 생방송.]

화면 속의 재훈이 발작을 일으키고 있었다. 벌떡 일어나서는 성난 황소처럼 콧김을 뿜으며 스튜디오를 두서없이 두리번거리기까지 했다. 그 드센 성질 어디 가지 않았음을 다시금 실감하는 재건이었다.

이윽고 자리로 돌아온 재훈이 상대 진영에 삿대질을 하며 소리치듯 말했다.

[근거라고! 그래, 근거 말 잘했네. 하재건이 미국 진출한 작품이 바다가 있었다와 겨자 목욕탕인데 그게 한국만큼 팔려요? 막 100만 부, 200만 부씩 나가기라도 했나?]

[감독님 예가 참 이상하시네, 미국에 진출해서 그만한 성과를 낸 한국 작가가 그간 누가 있었나요?]

[겄도 그렇고 겨자 목욕탕 영화 판권! 그 판권도 팔린 지가 언젠데 왜 아직도 영화는 감감무소식이요? 내가 지금 말하고 싶은 건 우물 안 개구리를 띄워주는 것도 정도껏 하라는 거요, 정도껏!]

[완전히 자기 하고 싶은 말씀만 하시네요. 저는 토론 포기하겠습니다.]

보다 못한 명석이 유진에게로 가 리모컨을 슬그머니 빼앗아 들었다.

그제야 유진도 재건을 의식하고 '아차' 하는 표정을 지었다.

그러나 바로 그 순간.

명석도 채널을 바꾸지 못하게 만든 얘기가 재훈의 입에서

튀어나왔다.

[또 하나 근거가 있는데 얘기해 줄까? 하재건 소설 중에 한국에서 가장 많이 팔린 게 뭐요? 더 브레스죠? 그거 지금 미국에서 출간 준비하고 있는데 오픈하우스란 출판사가 판권을 사들였어. 여기 오픈하우스라고 들어보신 분 계시면 누가 손이라도 들어봐요.]

참가자들은 서로의 얼굴을 쳐다볼 뿐 아무도 손을 들지 못했다. 거만하게 선 재훈이 득의양양하게 웃으며 말을 이었다.

[아무도 안 계시죠? 엄청 영세한 출판사니까. 펄프 픽션이나 줄기차게 뽑아내면서 숨통 유지하고 있는 싸구려 업체요. 하재건이 세계적으로 알아주는 좋은 글을 쓰는 작가고, 어? 그래서 그만큼 대접을 받고 있다면 왜 오픈하우스 같은 곳과 계약을 했겠소?! 내 말이 틀렸나?!]

재훈이 더 말을 이어가려는 사이, 사회자가 나서며 휴식 시간을 고했다.

곧이어 화면이 광고 영상으로 뒤바뀌었다.

"저 아무렇지도 않으니까 신경 쓰시지 마세요."

재건이 먼저 웃는 낯으로 말했다.

실제로 재훈의 발언은 그에게 아무런 영향도 없었다. 처음부터 끝까지 잘못된 말이니까.

내로라하는 여타 출판사들을 마다하고 영세한 오픈하우스를 택한 데에는 그만한 이유가 있었다.

재건은 자신의 소신을 하등 후회하지 않았다.

"저 정말 괜찮다니까요."

명석과 유진은 여전히 쓴웃음을 지으며 말을 하지 못하고 있었다. 재건이 분위기를 전환하려 말을 이었다.

"오픈하우스 얘기가 어디서 샜는지 모르겠는데 그것도 상관없어요. 전 그냥 우재훈 감독이 갑자기 제 얘길 하는 프로그램에 나와서 좀 놀랐던 겁니다. 의외잖아요."

"그러게 말입니다. 최근작이 소리 소문도 없이 실패하고 나서 한동안 잠잠했거든요. 투자자도 못 찾아서 근황이 어떤지 종종 궁금했는데 이렇게 보게 되네요."

유진이 TV를 아예 꺼버리고는 말을 보탰다.

"제가 괜히 죄송해요. 신경 쓸 시간이 아까우니 저런 인간이 내뱉는 소리는 귀담아듣지 마세요."

"하 선생님, 아기 엄마는 놔두고 우리 둘이서 시원한 맥주나 한잔하실까요?"

"진짜 너무 얄밉다. 매일 이런다니까요. 한 대 때려줄까 보다."

"하하하."

시원한 맥주로 한동안 더 시간을 보낸 후 재건은 일어섰다.

몸이 무거운 유진과는 현관 문턱에서 작별을 고했다. 명석이 택시 정류장까지 재건을 바래다주었다.

"오늘 정말 감사했습니다. 아주 잘 먹고 갑니다."

"차린 것도 없는데요. 아, 그리고 하 선생님……."

명석이 조심스러워진 기색으로 말을 꺼냈다.

"결혼식장 못 가서 정말 죄송합니다."

"아닙니다. 그런 말씀 마세요."

명석은 말을 이어가려는 표정으로 거듭 망설이고 있었다. 사실 속으로는 이미 짐작하고 있었다. 재건은 결혼식장에서 자신의 아버지와 동생을 만났으리라고.

"사실 하 선생님……."

"아, 택시가 오네요. 아직 밤엔 쌀쌀한데 이만 들어가세요, 편집장님."

재건이 일부러 명석의 말을 끊었다.

예전보다 한 꺼풀 더 그의 고통을 파악하게 됐으니까. 그가 괴로움을 무릅쓰고 속을 토해내게 하고 싶지는 않았다. 그렇게까지 해서 들을 이야기도 아니었다.

택시가 두 사람 앞에 멈춰 섰다.

헤어지기 전 작가는 허리를 90도로 숙이며 감사를 전했다. 편집장도 꼭 같은 몸짓으로 받아주었다.

휘영청 달이 밝은 밤이었다.

BIG LIFE

[우재훈 감독 토론 프로그램서 하재건 집중 공격, '하재건은 우물 안 개구리']

[우재훈이 언급한 더 브레스 미국 진출, 진위 여부는 어디까지? 오픈하우스는 어떤 출판사인가?]

[작년 오픈하우스 연매출 6,000만 달러 남짓, 소규모 출판사와 계약할 수밖에 없었던 하재건의 사정은?]

[모든 방송 중단한 하재건 작가, 전화 인터뷰도 사양]

[EBC 측, '하재건 작가 문학과 산책 혹은 작가의 밤에 섭외하기 위해 의견 타진 중, 조만간 입장 들을 수 있을 것']

"이 망할 자식 때문에 오늘도 또 속이 끓네……!"

연우가 더부룩한 배를 움켜쥐고 중얼거렸다.

몇 주가 지나도록 기사가 내려가지 않는다. 재건을 폄하하는 재훈의 발언은 기자들에게 있어 더없이 좋은 기삿거리였다.

"이러니까 망하지. 망할 놈이 마음을 곱게 써야 할 거 아냐."

"그만 좀 해라, 연우야. 너는 왜 굳이 기사를 찾아보기까지 하고 있냐? 진정하고 글이나 써."

"아니, 형. 제가 지금 진정하게 됐어요? 아, 진짜 더 브레스 대박 나야 되는데. 우재훈 얼굴도 못 들고 다니도록 발라버려야 할 텐데. 주둥이만 살아가지고."

씩씩거리는 연우의 옆에서 소미가 풋 하고 웃었다.

이제 연우와는 원만한 관계를 유지하고 있다. 장례식 이후 어색한 부분도 많이 사라졌고 덕분에 사무실 출퇴근도 수월해졌다.

"와, 소미 씨. 이 삽화 더 브레스 미국판에 들어가는 거지?"

"네, 언니. 1, 2권은 이미 넣었고 3권에 들어갈 거예요. 언니 보시기에 어떠세요?"

"소미 씨 일러스트야 언제나 훌륭하지. 에드워드 멋있네, 영화화 되면 어떤 배우가 에드워드 배역 맡을까?"

작가들이 '더 브레스'에 관해 도란도란 나누는 대화는 방 안의 재건에게도 여실히 전해지고 있었다. 방에서 홀로 '사람의 악의'를 쓰고 있던 재건은 잠시 손을 거두고 의자 등받이에 몸을 기댔다.

'후우…….'

긴장과 두려움이 뒤엉킨 한숨이 새어 나온다. 날이 날이라서인지 온종일 집중력이 흐트러졌다. 자신에게 쏟아지는 수많은 사람의 기대가 감당하기 버거운 느낌마저 들었다.

드르륵!

핸드폰이 울리며 유진의 이름이 액정 위에 떠올랐다.

재건은 목울대를 한 번 울리고는 전화를 받았다.

"네, 하재건입니다."

–배본 시작됐습니다, 하 선생님.

재건이 두 눈을 내리감았다. 최선을 다해서 원고를 준비했으니 남은 것은 독자들의 선택이다.

바깥 주방에서 야식을 준비하려던 봉이가 냄비를 떨어뜨렸고, '탕!' 하는 소리가 사무실에 크게 울렸다.

그리고…….

'더 브레스'의 발원지인 L.A에서도 한 발의 소리가 울렸다.

[L.A의 지하를 떠돌아다니던 유령, '더 브레스–드래곤 라이더' 날개 펼쳤다]

[은밀히 진행되던 하재건 작가의 신작 판타지, 캘리포니아 주를 중심으로 미국 시장 진입 개시]

[오픈하우스 측 관계자, '마케팅에 사력을 다할 것, 기존 출간된 작품들의 독자들과도 접점 이끌어 낼 것']

['버림받은 기사와 드래곤이 손을 맞잡았다' L.A 타임스와 산호세 머큐리 뉴스 '더 브레스-드래곤 라이더' 대대적으로 소개]

[현장 포토, 드래곤 라이더 사기 위해 늘어선 독자들의 행렬, '너무 늦었어, 풍천유!']

오픈하우스는 약속을 지켰다.

'더 브레스'가 알려지기 시작한 L.A를 넘어 캘리포니아 주 전체로 대상을 확대시켜 맹렬하게 마케팅을 이어갔다.

주요 신문사 및 잡지사는 물론 한인 커뮤니티와 크고 작은 장르 문학 사이트에 이르기까지 이 작은 출판사의 손이 안 닿는 곳은 거의 없었다.

현지 반응은 인터넷을 타고 실시간으로 한국까지 흘러들었다. '더 브레스'가 미국 시장에 정식 발매되었다는 소식 하나로 주요 검색 포털 사이트가 모조리 들끓기 시작했다.

그렇게 팔리고도 다시금 치솟는 원작 판매량에 관해서는 두말할 나위도 없었다.

한국 독자들의 관심은 하늘을 뚫고도 남았다.

평소에 거의 SNS를 하지 않는 재건이 처음으로 트위터에

짤막한 소감을 밝힌 것도 이 시점이었다.

[모두가 촌스럽다고 반대했던 제목 드래곤 라이더, 이번 출간을 통해 세계적인 나의 작명 센스를 입증시키다]

–어어엌ㅋㅋㅋㅋㅋㅋㅋㅋ자까니뮤ㅠㅠㅠㅠㅠ 제목 지을 때마다 마음고생 엄청 심하셨던 듯ㅋㅋㅋㅋㅋ

–이연우 작가 블로그에도 얘기 있던뎈ㅋㅋㅋㅋ 제목 진짜 못 짓는데 자기 혼자 잘 짓는 줄 착각하고 산다곸ㅋㅋㅋㅋㅋ 신작 나올 때마다 제목 짓는 거 보고 사무실 작가들 전부 한숨 내쉰다고 함ㅋㅋㅋㅋㅋㅋ

–드래곤 라이더가 뭐 어때서요! 직관적이고 좋은데요!

–윗분 하재건 작가님인 듯? 본 계정으로 댓글 쓰시죠.

–원작과 차이점이 있나요? 삽화 한 장이라도 새로 수록됐다면 다시 전부 소장하려고 합니다.

열기가 모니터를 뚫고 나오는 착각마저 일 정도로 반응이 뜨겁다.

그도 그럴 것이 애초에 '더 브레스'는 한국에서 가장 많이 팔린 재건의 작품인 것이다.

덕분에 유진은 웃음을 그치지 못하고 있었다.

무거운 몸으로 출산을 준비하면서도 쉴 틈은 나지 않았다.

관련 뉴스와 현지 독자 반응 모니터링, 각종 신문사와 잡지사 및 뉴욕 에이전시에 전화를 돌리는 것만으로 하루가 다 지나갔다.

한국 독자들을 위한 자료를 만들어 주간경향 성범을 비롯한 기자들에게 배포하는 것도 유진의 일이었다. 재택근무라고 해도 업무 강도가 낮지 않아서 명석의 근심은 끊이지가 않았다.

"네? 14만 부가 전부 소진됐다고요? 벌써 증쇄를 들어간다고요? 오호호호! 웃지 않게 됐어요, 에이든? 지금 배본 시작하고 사흘밖에 안 지났단 말야!"

캘리포니아 현지 10대 독자들의 반응이 특히 좋았다.

버림받고 세상을 등지려던 순간 만나게 된 기사와 드래곤의 이야기는 감성 풍부한 청소년들에게 주효했다.

모험과 낭만, 우정과 사랑이 뒤엉킨 환상의 복판에 대한 그들의 끊임없는 감상이 인터넷을 타고 올라왔다.

"시작부터 아주 느낌이 좋아. 젊은 독자들의 심금을 울리고 있어. 로맨스가 강해서 여성 독자도 적지 않고."

이제 막 퇴근한 명석의 겉옷을 받아주며 유진이 말했다.

"캘리포니아는 걱정 없겠어. 촉이 온다고 해야 할까? 이제 이 뜨거운 반응과 판매량을 바탕으로 자료 만들어서 뉴욕 쪽에도 돌려야지. 프로모션도 반스앤노블, 트리덴트, 하바드

스퀘어까지 이 유능한 유진에게 맡겨만 두시라고."

"아주 즐거우시겠어. 즐거운 건 좋은데 난 네가 너무 일만 하는 것 같아서 솔직히 마냥 웃지만은 못하겠다."

그렇게 말하며 명석이 시선을 내리깔았다.

그의 눈길이 닿은 보동보동한 배를 어루만지며 유진은 활짝 웃어 보였다.

"엄마가 이렇게 즐거우니 아이도 얼마나 기쁘겠어? 걱정하지 마, 먹을 거 다 잘 먹고 잠도 늘어져라 자면서 일하고 있으니까."

유진이 기지개를 한껏 켜고는 중얼거리듯 말을 이었다.

"보답해야지."

"……보답?"

유진이 고개를 끄덕이며 명석과 시선을 맞췄다.

"하 선생님 말야. 자기도 보답하고 싶잖아?"

"그래…… 우리가 아주 큰 걸 받았지."

명석이 유진의 흐트러진 머리칼을 빗겨주며 대꾸했다.

유진은 소녀처럼 키득거리며 그의 품에 안겼다.

BIG LIFE

하지만 모두가 이 시간을 즐기고 있는 것은 아니었다.

최근작이 혹독하리만치 흥행에 참패한 어떤 영화감독이 특히 그랬다. 투자자를 찾지 못해 할 일이 없는 그가 집에서 빈둥거리는 시간은 나날이 늘어가고만 있었다.

"망할 새끼들, 이렇게 재미있는데……!"

재훈은 너덜너덜해진 문서를 손에 꾹 쥐며 으르렁거렸다.

진즉에 완성된 차기작 시나리오였다.

제목은 '파이널 갓파더'.

미국 마피아 대부의 덜 떨어진 아들이 아버지의 존재를 알게 되어 찾아가는 과정을 그린 코미디다.

시나리오는 영화로 만들어져야 가치를 발휘한다.

하지만 아무도 '파이널 갓파더'에 투자하려 하지 않았다.

사이가 틀어진 배급사 뉴턴에서도 전화를 피하기 시작했다. 재훈이 흥행에 실패한 영화를 두고 회사 핑계를 대며 엉뚱한 인터뷰를 했던 까닭이다.

"여보세요, 여기 족발 대 자로 하나 갖다 줘. 서비스? 당연히 소주지 쓸데없는 걸 묻고 있어?"

할 일이 없으니 혼자 술을 마시는 일이 늘었다.

한 병, 두 병 마시다 보면 이성은 사라지고 분개한 감성만이 오롯이 남아 체온을 높인다. 불처럼 뜨거워진 손가락은 무료함과 자괴감을 견디지 못하고 컴퓨터 전원 버튼을 누르게 된다.

"뭐야, 이 자식?"

네이빈에 접속하자마자 재훈의 두 눈에서 불똥이 튀었다.

또 하재건 얘기다. 실시간 검색어는 물론이고 메인 뉴스에 이르기까지 하재건과 관련되지 않은 항목을 찾아내기가 더 어려울 정도다.

"사흘 만에 초판 매진? 미국 땅덩어리가 얼만데, 사흘이 아니라 3시간 만에 매진된 것도 아니고 이딴 걸로 대단하니 뭐니 지랄들은……!"

재건의 이름만 들어도 치가 떨리는 재훈이었다.

언제부터였을까. 재건의 이름 자체가 자신의 무능함을 부각시키는 지표가 되어 있었다. 독단적으로 제작한 '스무 살의 여름'은 그야말로 악몽의 시작이었다.

"크으……! 나도 투자자만 찾으면 미국쯤은 일도 아냐……!"

짐승처럼 씩씩거리고는 있지만 실상 뾰족한 대안은 없었다.

재훈은 성난 얼굴로 자신의 아파트를 이리저리 둘러보았다. 신작 제작비를 충당하려면 가진 현금은 물론이고 이 집까지 담보로 잡혀야 한다.

그렇게까지 한다고 해도 목표 금액에는 한참 미치지 못한다.

'우재훈 자존심 다 죽었다…….'

번민 끝에 재훈은 핸드폰을 들고 전화부를 검색했다.

그간 사이가 나빠진 사람들을 제외하고 나니 몇 사람 남지 않았다. 그마저도 받는 이 없이 마지막 한 명만이 남았다.

—여보세요.

"도, 도준아!"

켕기는 구석이 있던 재훈은 의외로 금방 연결된 전화에 놀랐다. 누운 몸을 벌떡 일으켜 앉아서는 더듬거리며 말을 이었다.

"자, 잘 지냈냐? 네 소식은 아주 잘 듣고 있다. 요즘 중국에서도 인기 엄청나고. 난 네가 잘될 줄 알았어, 녀석아!"

—무슨 일이세요?

"으응?"

—무슨 일로 전화하셨어요? 다시 통화할 일 없었으면 해서 바로 받았으니까 말씀하세요. 저 나가봐야 돼요.

싸늘한 목소리에 날이 서 있다. 정이라고는 손톱만큼도 남아 있지 않다는 걸 깨달았지만, 그래도 재훈은 꾸역꾸역 말을 덧붙였다.

"그, 그래. 바쁠 테니까 내가 본론만 얘기하마. 너…… 내 신작에 투자 좀 안 할래?"

—안 해요.

너무도 빠른 대답에 재훈은 버럭 언성을 높였다.

"너 왜 이렇게 단호해?! 무슨 영화인지 알지도 못하면서 시나리오도 한 번 읽어보지 않고!

—그냥 형 작품, 아니, 우 감독님 작품엔 관심 없어요. 이만 끊어도 됩니까?

"도준아……! 자, 잠깐만 끊지 말아봐!"

재훈의 목소리가 급격하게 타들어 갔다.

"거두절미하고 나 다시 한번 일어서야 된다. 응? 재기해야 되는데 지금 완전 코너에 몰렸어. 내가 오죽하면 너한테까지 전화했겠냐?"

—…….

"많이도 안 바란다. 너 돈 잘 벌잖아. 한 열 장만 투자해라. 만나서 얘기하자. 이번 시나리오도 보여주고 밥 한 끼 하자. 나 이번엔 정말로 자신 있다."

—우 감독님.

도준의 또렷한 음색이 전파를 가르고 날아들었다.

—방금 저한테 돈 잘 번다고 말씀하셨죠?

"그, 그래. 그렇게 말했지. 왜?"

—다 힘들게 번 돈이에요. 좋은 곳에 써야지 지폐를 다발로 쓰레기통에 처넣을 생각은 없습니다.

"뭐, 뭐……?! 뭐 이 자식아?!"

재훈의 두 눈이 흰자위만 남기고 까뒤집혔다. 안 그래도

술기운에 달아오른 몸이 용광로처럼 뜨거워졌다.

"너 지금 뭐라 그랬어?! 쓰, 쓰레기통?! 네가 오늘 이렇게 될 수 있었던 게 누구 덕분인데 이딴 말을 해!"

–감독님 도움받은 거에 비해 제가 갚은 게 훨씬 많아요. 그리고 요즘 TV 토론회에도 나가셔서 퍽이나 객관적인 견해와 올바른 태도로 토론에 임하시던데요. 그게 영화감독이 할 일입니까? 감독이면 감독답게 구세요.

"감독답게 굴라고?! 당장 나와 이 자식아! 끝장을 보자!"

–이만 끊습니다.

뚝!

"여, 여보세요? 야! 박도준! 박도준! 이런 망할 놈!"

재훈이 핸드폰을 냅다 집어 던졌다.

머리를 두 손으로 쥐고 방에서 나온 그는 온 거실을 돌아다니며 포효했다.

"그래, 씨발! 옛정을 잊고 이렇게까지 나온다 이거지? 다들 두고 봐! 내가 어디 니들 도움 없으면 영화 한 편 못 만들 줄 알아! 나 우재훈이야! 나 혼자 힘으로 나도 얼마든지 미국 진출할 수 있다고!"

재훈이 허공에 팔뚝을 붕붕 휘두르며 미친 듯이 소리쳤다. 경비원의 전화가 올 때까지 그의 발광은 멈추지 않았다.

[우재훈 감독 SNS, '미국에서 14만 부? 한국으로 치면 1,400부 판매량 수준이 뭐가 대단?' 하재건 겨냥한 발언?]

[네티즌 비난 쇄도에 4시간 만에 원문 삭제, 사태는 이미 일파만파]

[충무로 익명 관계자, '우재훈 신작 영화 투자자 없어 고심']

"영화 재미있었다. 시사회엔 못 가서 미안해."

"미안하면 여기 메뉴 전부 하나씩 시켜."

"먹고 있는 간짜장이나 남기지 마라."

재건의 집 지하 휴게실.

재건과 도준은 나란히 앉아 점심을 먹고 있었다. 리카와 눈솔은 계단 구석에 뒤엉킨 채 장난에 여념이 없었다.

"너 근데 진짜 중국인 같더라. 중국어가 단시간 내에 그렇게 돼?"

"시나리오에 있는 것만 철저히 연습한 거지. 내가 천재냐?"

일단 그렇게 말을 받고 난 도준이 슬그머니 재건의 눈치를 보며 물었다.

"정말 중국인 같았어?"

"그렇다고 했잖아."

"네가 만약 영화 제작자면 나한테 중국인 배역 맡길 수 있을 만큼?"

"어, 나라면 맡겨."

도준이 싱긋 웃었다.

재건이 하는 말이라면 만약 허무맹랑하기 짝이 없을지라도 모조리 믿어버리게 된다.

그는 기쁜 마음으로 이번엔 친구의 일에 화제를 돌렸다.

"더 브레스 2쇄도 벌써 다 나갔다면서? 언플 아니고 진짜냐?"

"어, 오픈하우스하고 통화하면서 직접 들었어. 캘리포니아 쪽이 전체적으로 반응이 좋대. 입소문이 계속 나고 있나 봐."

재건이 자기 핸드폰을 손가락으로 톡톡 두드리면서 덧붙였다.

"독자 메일이 수백 통씩 날아와. 일일이 수희한테 번역해 달라고 하기도 힘들고. 내가 사전 보고 번역 프로그램 돌려가면서 읽고 답장 쓰고 하는데 정말 고역이다."

"자식이 좋아서 죽는 소리 하네. 정말 이러다가 해리슨 포터급으로 터지는 거 아니냐?"

"난 양심적인 사람이라 그런 말도 안 되는 기대는 안 한다."

"그걸 네가 어떻게 알아? 해리슨 포터도 처음부터 잘나갔냐? 모든 출판사에서 다 거절하고 아동 서적 전문으로 하는 작은 출판사에서 시작했어. 심지어 그 담당자도 아동서로는 돈 못 번다고 말했는데 지금 봐라. 판매량이 얼마야?"

"왜 네가 흥분하고 그래. 알았어, 고마워. 잘되겠지."

"중요한 건 입소문이야. 아씨, 이렇게 될 줄 알았으면 나도 진즉에 할리우드 진출해서 더 브레스부터 홍보해 주는 건데. 할리우드 배우들 밥줄 끊길까 봐 참은 게 실수였네."

드르륵!

탁자 위의 핸드폰이 울리며 수희의 이름이 떴다.

재건은 젓가락을 내려놓고 전화를 받았다.

"어, 수희야. 점심 먹었어?"

—응, 남 이사님하고 쌈밥 먹었어. 네 매형이랑.

"하하……. 나도 도준이하고 먹고 있었어."

—잘했어. 다름이 아니라 해외 뉴스 찾아보고 있었는데 눈에 확 들어오는 기사가 하나 있더라. 다만 뭐라고 말해야 할지는 잘 모르겠네.

"무슨 소리야, 그게?"

—내가 링크 보내줄 테니까 직접 봐. 길지 않으니까 영어 해석은 알아서 하시구요, 작가님.

"그래, 알았어."

재건은 긴가민가한 표정으로 전화를 끊었다.

잠시 후, 수희가 보내온 링크를 따라 접속하니 영어로 된 뉴스가 화면에 떠올랐다.

"뭐야, 이게?"

재건이 중얼거렸고 흥미를 느낀 도준은 얼굴을 들이밀었다.

"뭐라고 적혀 있는 거야? 나 영어 못하니까 해석해 봐."

"그러니까…… 오렌지카운티의 한 미용실 총기 사고…… 18살의 생존자 가슴에 품은 책 덕분에 목숨 구해……?"

재건의 눈이 제목을 지나 본문으로 내려갔다.

미용실에 손님으로 간 18살의 학생이 강도의 총에 맞아 병원으로 후송되었다는 내용이었다.

"어……?"

본문 사이사이에 삽입된 사진을 본 재건이 두 눈을 동그랗게 떴다.

피해자는 쓰러진 순간, 그리고 들것에 실려 가는 동안 내내 두 손으로 책을 꼭 잡고 있었다. 구멍 난 책의 생김새는 재건에게 더없이 익숙했다.

"야, 재건아. 이거 이 책 더 브레스 아니냐?"

"그런 거 같은데……."

재건은 어안이 벙벙해져 사건 발생 일자를 확인했다. '더 브레스-드래곤 라이더'가 미국에 출간된 바로 그날이었다.

도준이 고개를 절레절레 내젓고는 소리 높여 웃어댔다.

"와, 수희 씨 매의 눈이다. 어떻게 이런 걸 다 찾아냈냐? 뉴스엔 더 브레스라는 언급도 없잖아?"

"영어 모른다면서 어떻게 알아?"

"사람을 어디까지 얕보냐? 내가 아무리 영어를 못해도 더 브레스라는 단어 하나 못 읽겠냐? 하재건 인성 봐라."

"농담한 거야."

재건이 삐친 척 뒤로 눕는 도준을 달래며 일으켰다. 목숨을 구한 피해자를 생각하니 비록 누구인지 모르지만 안도의 한숨이 흘러나오는 것이었다.

"책이 사람도 구하네. 대단한 책 썼다, 하재건. 메일이라도 한 통 보내주면 좋아하지 않을까? 네 팬인 것 같은데."

"그래, 뭐 그럼 수희 퇴근하면 부탁해야겠다."

그렇게 별생각 없이 말한 재건은 이내 다 먹은 그릇을 들고 일어섰고, 그 해외 뉴스는 곧 기억에서 사라졌다.

BIG LIFE

-통화 인터뷰라도 괜찮습니다, 네? 부대표님, 제가 오죽 답답하면 이러겠습니까. 아침에 출근해서 퇴근할 때까지 부

장한테 까이는 게 하루 일과예요. 하 작가님 한 번만 연결 좀 해주세요.

"몇 번을 말씀드려요, 마 기자님. 하 작가님 올해는 집필이랑 집안 대소사에만 집중하신다고 외부 활동 일체 중단하셨다니까요. 백송예술대상도 불참 선언하셨는데 아직도 모르시겠어요?"

정오를 넘긴 래프북스 사무실.

동미는 편의점에서 사온 도시락을 뜯을 틈도 없었다. '더 브레스-드래곤 라이더'가 미국에서 흥행 조짐을 보이기 시작하면서 재건을 찾는 전화가 부쩍 늘었다.

"저한테 아무리 부탁하셔도 소용없어요. 저희도 하 작가님하고 연락 잘 안 돼요."

-거짓말하시지 마세요. 출판사에서 소속 작가와 연락이 안 된다는 말씀을 제가 어떻게 믿습니까?

"어머나, 아니, 그럼 믿지 마세요. 누가 기자님더러 믿어 달라고 부탁드리는 것도 아니고. 그리고 저희가 출판사지 무슨 연예인 소속사인 줄 아세요? 작가님들 일거수일투족을 꿰고 있게? 아무튼 이제 끊습니다."

-여, 여보세요! 부대표님! 부대표님!

동미가 매몰차게 전화를 끊었다. 내친김에 아예 전화기도 무음으로 바꿨다. 적어도 밥 먹을 시간은 줘야 힘을 내서 또 일할 수 있지 않겠는가.

"정 대리님, 이리 오세요. 같이 도시락 먹고 일해요."

"네, 부대표님. 도시락 다시 데워 오게 저 주세요."

소미와 동미는 사무실 구석 탁자에 마주 앉아 점심을 먹었다. 시장이 반찬이라고 편의점 도시락 맛은 어지간한 한정식 전문점 부럽지 않았다.

"정 대리님이 사무실로 출근하셔서 다행이야. 만약 오늘까지 삽화 때문에 부천 사무실로 가셨으면 나 죽었지."

"앞으로 한동안 삽화도 여기 나와서 그릴게요."

"어머나, 그래줄 수 있어요?"

"하 작가님하고 5권까지는 회의 끝냈거든요."

동미는 밥이 들어간 입을 가리고 활짝 웃었다. 그녀에게 있어 소미란 직원은 래프북스 최고의 복이었다. 처음 입사한 날부터 지금까지 실망시킨 적이 없었다.

꼭 해야 할 말만 하면서도 살가운 태도는 항시 유지한다. 언제나 업무가 우선이고 고된 야근에도 엄살 한 번 부리는 일이 없다. 싫어하고 싶어도 싫어할 수가 없는 직원이 소미였다.

"벌써들 드시고 계셨네?"

사무실 문이 열리고 태원이 나타났다. 손에는 생선 초밥이 가득 든 봉지를 들고 있었다. 그는 소미와 동미가 점심을 먹는 탁자 위에 봉지를 내려놓고는 다른 직원들까지 불렀다.

"다들 이미 드셨어도 오셔서 좀 더 드세요. 초밥 잔뜩 샀는데 내가 총판 갔다 시간을 못 맞춰서 늦게 왔네요."

10명이 안 되는 직원이 전부 모여들었다. 초밥을 먹으면서 자연스레 떠오르는 화제는 역시 재건이었다.

"한국에서도 더 브레스 판매량 많이 늘었어요."

"그러게요. 종이책까지 바로 또 증쇄를 하게 되다니."

"미국에서 정말 조짐이 좋은 거예요? 뉴스에서 덮어놓고 띄워주는 게 아니구요?"

한 직원의 말에 소미가 끼어들었다.

"띄워주기는요. 실제로 판매량을 보세요. 조만간 L.A 타임스 베스트셀러 들어갈 것 같다고 뉴스 또 나오던데요. 어지간히 팔려서 베스트셀러에 들어갈 수 있겠어요?"

소미의 말에는 재건을 생각하는 마음이 가득 담겨 있었다. 그렇다고 결코 과장된 얘기는 아니었다. 지금 이들이 식사하는 사이에도 '더 브레스'의 인기는 미국 현지에서 점점 더 확산되고 있었다.

"오픈하우스도 대단하지만 유진 씨도 대단해요."

태원이 물 한 모금을 마시고는 대뜸 말했다.

소미가 또 반가운 미소로 그의 바통을 이어받았다.

"저도 매일 검색해 보고 있어요. L.A부터 샌프란시스코, 이제는 주를 넘어서 네바다까지 오픈하우스가 참 마케팅 잘

해 주고 있는 것 같아요. 회사가 작아도 참 튼실한가 봐요."

"네, 그리고 뉴욕 쪽에는 유진 씨가 있죠. 위로 보스턴에 아래로 필라델피아까지 유능하신 데다 인맥도 참 넓어요."

실제로 유진은 오픈하우스에 뒤지지 않는 저력을 발휘했다. 임신한 몸으로 재택근무를 하고 있음에도 불구하고 그녀의 지원사격은 유감없는 화력을 자랑하고 있었다. 오래도록 뉴욕에서 에이전트로 일하며 다져 둔 발판 덕분이다.

"3쇄 전부 소화하고 이제 4쇄까지 찍는다면서요? 근데 말이 3쇄, 4쇄지 미국처럼 넓은 땅에서 이런 표현이 의미가 있으려나? 후후훗."

소미의 미소가 사무실 전체에 번졌다.

'더 브레스' 하나만으로 래프북스가 유지되고도 남는 형국이다. 그래서 태원은 다시금 속으로 감사했다. 유능하고 성실한 직원들을 모자람 없이 대우해 줄 수 있는 지금의 삶이 행복했다.

식사가 끝난 후.

동미와 난간에서 커피 한 잔을 마시며 태원이 말을 꺼냈다.

"총판 갔다가 고 대리 만났는데 스타북스 얘기 들었어."

"무슨 얘기?"

"대표님 아들이 총판 대금 빼서 날랐다더라고."

"……!"

동미가 소스라치게 놀라서 두 눈을 동그랗게 떴다.

태원은 언젠가 이런 일이 생기리라고 예상이라도 한 사람처럼 담담하게 말을 이었다.

“두 달 치라던데 10억 조금 못 되던가. 땡길 때까지 땡겼다가 잠적한 건가 봐.”

“어쩌면 좋아……! 스타북스는 괜찮아?”

“농담해, 당신? 아무리 그래도 명색이 스타북스인데 10억 원에 무너질까. 다만 대표님 상처는 좀 크겠지. 직접 총판 돌면서 읍소까지 하셨다던데.”

태원의 긴 한숨이 봄날의 허공을 갈랐다.

어느새 래프북스가 스타북스와 맞먹는 규모의 출판사로 성장했다.

래프북스는 여전히 하늘 높은 줄 모르고 성장하는 중인데 스타북스는 무너져 내리고 있다. 한때 장르 소설 시장의 선봉이었다는 과거가 무색할 만큼.

“자기가 참 사람 잘 봐. 그때나 지금이나 나보다도 하 작가님한테 더 잘하잖아.”

동미가 태원의 손을 꼭 잡으며 장난스럽게 말했다.

그러나 태원은 씁쓸히 웃으며 고개를 좌우로 젓는 것이었다.

“사람을 본 게 아냐. 글을 본 거지.”

"……?"

"그 시절에도 난 이해 못 했어. 이렇게 잘 쓰는 작가를 왜 아무도 제대로 이끌어주지 않는 건지. 독자와 소통하는 방법만 찾아내면 대성공이 보장된 작가인데."

태원이 다 마신 커피 잔을 내려놓으며 혀를 내둘렀다.

"하 작가님 원고 처음 읽었던 날을 잊을 수가 없어. 이렇게 글을 잘 쓰는 작가도 있구나. 이런 게 타고난 작가구나."

동미는 맞장구 대신 입가에 웃음을 머금고 있었다.

"나도 편집자 되기 전에 습작을 해본 사람이니까. 충격이 얼마간 가신 뒤엔 결심했지. 하 작가님의 이름을 반드시 세상에 알리겠다고. 내 편집자로서의 안목이 틀리지 않았음을 증명하겠다고."

"그 마음 때문에 당신 스타북스 대표님한테도 여러 번 안 좋은 소리 들었었잖아. 다른 일은 다 잘하면서 왜 인기도 없는 하 작가님만 유난스럽게 챙기는지 모르겠다고. 무림지존록 흥하고 나선 그런 말 쏙 들어갔었지?"

동미가 태원의 손에서 잔을 건네받았다.

양손에 잔을 들고 웃으며 그녀는 덧붙였다.

"당신은 천성이 편집자야. 글만이 아니라 사람의 마음까지 들여다볼 줄 아는 대단한 편집자."

"오늘따라 왜 이렇게 사람을 띄워대지?"

태원이 동미의 양어깨를 살포시 잡았다.

품에 안으려는 참에 등 뒤의 문이 열리며 소미가 나타났고, 태원은 제 스스로 다리가 꼬여 그 자리에 엉덩방아를 찧었다.

아픈데 웃음이 났다.

BIG LIFE

"너무 이른 시간에 찾아봬서 죄송합니다, 선배님. 요즘 취재하려고 몰려드는 기자들도 있고 해서 부득이 이런 시간에 나오게 됐습니다."

무덤 앞에 선 재건이 정중히 허리를 굽히며 인사했다.

밤의 기운이 가시지 않은 세상은 여전히 어둡다. 손목을 들어 시계를 확인하니 이제 오전 4시 20분을 넘기고 있었다.

"저희 어머니께서 자정부터 새벽 4시까지는 마가 횡행하는 시간이니 주의해야 한다고 곧잘 말씀하셨어요. 전 그다지 믿지는 않는데, 오늘도 돌이켜 보니 자연스레 4시가 지나고 나니까 나올 생각을 하게 되더라고요."

재건이 한 병의 소주와 마른안주 등등을 무덤 앞에 늘어놓았다. 가장 마지막으로 꺼내놓은 것은 미국에서 출간된 '더 브레스'였다.

"선배님이 보살펴 주셔서 이번 작품도 잘되어 가고 있습니다. 아니, 확신은 못 하겠고 잘되어 가고 있는 것 같아요. 주변분들이 여러모로 말씀해 주시긴 하는데 영 실감이 나야 말이죠."

재건이 무덤 주위를 돌며 말을 이었다.

주기적으로 찾아와서 돌봤기에 뽑을 잡초라고는 전혀 보이지 않았다.

다시 앞으로 돌아온 그는 소주 한 잔을 올린 다음 자기도 고개를 옆으로 돌리고 마셨다.

"오늘은 리카랑 눈솔이도 두고 왔어요. 선배님이랑…… 좀 오래 같이 있고 싶어서요."

생전 단 한 번을 실제로 만나본 적 없는 이와 함께 추억 속으로 젖어든다.

아직은 쌀쌀한 새벽바람을 맞으며 재건은 거듭 서건우와 술잔을 나누었다.

몸이 점차 따뜻해진다. 대선배의 가호가 몸 전체를 감싸주고 있는 듯한 느낌이었다.

바로 그때.

난데없는 기척이 고막을 자극했다.

재건이 고개를 들고 무덤 너머로 시선을 던졌다.

평소 그가 올라오는 쪽의 반대편인 무덤 뒤쪽으로도 산책

로가 존재했다. 그곳에서 감색 개량 한복을 입은 한 노인이 어슬렁어슬렁 내려오는 중이었다.

'누구시지? 이 야산에서 산책하는 사람은 거의 본 적이 없는 것 같은데.'

은연중에 재건과 노인의 시선이 마주쳤다.

마른 체구에 키가 제법 큰 노인이었다. 나이는 어림잡아도 80대 초반은 됨 직했다.

"자네였나?"

노인이 갑작스레 질문을 던져 왔다.

재건은 자기 외에 다른 누가 있나 싶어 주변을 둘러보았다. 당연히 다른 사람은 보이지 않았다.

"자네가 그간 이 무덤을 손봤냐는 말일세."

"아, 네. 그렇습니다."

재건이 곤혹스럽게 답하고는 몸을 일으켰다.

노인은 뒷짐을 진 자세로 다가와서는 무덤을 쓱 내려다보며 말을 이었다.

"가끔 생각나면 들르는데 항시 자리가 깨끗해서 말이지. 돌봐주는 손이 있었구먼."

"실례합니다만 어르신께서는……?"

"일없네."

"네?"

"자네 질문에 답할 일 없다고."

노인은 무덤을 한 바퀴 돌더니 이윽고 비석 앞에 섰다. 그러고는 우두커니 생각에 잠긴 표정으로 말이 없었다.

재건은 침묵이 깨지길 기다리며 잠자코 그 뒤에 서 있었다.

잠시 후.

노인이 허리를 펴고는 다시 왔던 길로 걸음을 옮기기 시작했다.

재건이 다급히 그 뒤를 따라붙었다.

"어르신, 실례지만 꼭 여쭤보고 싶습니다. 서건우 선배님과는 어떻게 아시는…… 그러니까 친분이 있으셨던 건가요?"

"일없다니까 그러네."

노인은 다소 불쾌한 듯한 어조로 매몰차게 말을 잘랐다.

몇 걸음이나 더 걸어갔을까. 갑자기 그 자리에 우뚝 선 노인은 돌아보지도 않고 재건에게 나직이 물었다.

"자네 선배란 인간이 어떤 작가였는지 알고 싶어서?"

"뭐라도 좋습니다. 저도 글을 쓰는 사람이라서 조금이라도 더 많은 걸 알았으면 하는 바람입니다. 선배님의 아드님과는 만난 적이 있는데 지금은 연락이 끊겨서요."

"독불장군이었어."

"……?"

"세상에 글쟁이라곤 저밖에 없는 줄 아는 독불장군이었다고."

대답을 마친 노인이 다시금 걸음을 옮겨갔다.

재건은 황망히 그 뒤를 따르며 간곡하게 말을 붙였다.

"어르신, 혹시 연락처라도 있으시면……."

"됐네, 이 사람아. 오다가다 또 보게 되면 보았지 연락처는 얼어 죽을……."

노인의 구부정한 뒷모습이 금세 야산 너머로 삼켜졌다.

재건은 망연자실하게 서서 목울대를 울리고 있었다.

원체 성미가 괴팍한 걸까? 혹은 생전의 서건우와 그다지 좋은 관계가 아니었던 걸까?

추측할 길이 없었다.

'또 뵐 수 있겠지.'

재건은 짐을 정리하고 터덜터덜 집으로 돌아왔다.

처음 본 노인의 강렬한 인상은 돌아오는 내내 뇌리에서 지워지지 않고 있었다.

"어? 왜 이렇게 일찍 일어났어?"

집에 들어서니 거실 소파에 앉은 수희가 보였다. 벌어진 잠옷 앞섶을 여미며 그녀는 핸드폰을 들어 보였다.

"마이클한테서 답장 왔네."

"아, 정말? 뭐라고 보내왔어?"

"너무 놀라갖고 침대에서 굴러 떨어지는 바람에 더 크게 다칠 뻔했대. 감동해서 많이 울었다는 말도 있고. 정말 고맙대."

"다행이다."

재건이 곁으로 가 앉아 수희를 끌어안았다. 그의 등을 아이 어르듯 토닥여 주면서 수희는 대꾸했다.

"내가 영어를 잘해서 다행이지? 너는 영어 못해도 괜찮아. 내가 있으니까 얼마든지 마이클에게도 네 마음 전할 수 있었잖아."

재건이 사랑스런 수희의 입술에 입을 맞췄다.

벌어진 입술 틈으로 혀가 말려드는 순간, 수희가 살며시 미간을 좁히며 머리를 뒤로 뺐다.

"술 마셨어?"

"아, 두 잔 마셨는데 깜박했다. 양치질하고 올까?"

"그렇게까지 할 건 아닌데…… 아침부터 이러고 싶어?"

"난 너랑 있으면 24시간 이런 상태인데?"

"기운도 좋아, 정말……. 꺅. 왜 이래, 거실에서?"

"아무도 없는데 무슨 상관이야."

덮쳐 오는 재건을 수희가 양팔을 벌리고 받아들였다.

거실 끝머리 창틀에 앉아 있던 리카는 귀를 잠깐 쫑긋거렸을 뿐 눈 한 번 뜨는 일이 없었다.

아침이 밝아오고 있었다.

[소설책 덕분에 목숨 구한 학생 완쾌, '책이 막아줘서 총알이 살갗을 2㎝밖에 못 뚫었다']

[18세 소년 마이클 살린 소설에 관심 집중, 동양의 작은 나라에서 날아온 판타지 '더 브레스-드래곤 라이더']

['더 브레스 L.A에서는 원래 유명한 소설이었다', 마이클이 개인 블로그에 올린 글 화제. 줄을 이루는 댓글 호응]

[USA투데이에 소개된 작은 기적, 작가가 보내온 뜻밖의 선물에 웃음을 멈추지 못하는 마이클(사진 좌측)]

"아니, 이게 다 무슨 얘기야……?"

명석이 출근하고 난 상쾌한 아침.

양치질을 하고 나서 노트북 앞에 앉은 유진은 기겁을 금치 못했다. 언제나 그렇듯이 모니터링을 시작한 참인데 '더 브레스'에 관한 해외 뉴스가 모조리 두 눈에 밟히고 있었다.

"마이클 브리스톨……? 총기 사고에서 목숨을 건졌다고? 더 브레스 덕분에?"

정보를 검색할수록 놀라움은 몇 배로 커져만 갔다.

마우스를 잡은 유진의 손은 쉴 틈이 없었다. 기어코 모니터 화면에 마이클 브리스톨이란 학생의 블로그가 떠올랐다.

['더 브레스' 작가가 직접 선물을 보내왔어, 와우!]

친구들, 사진을 잘 봐.

내가 들고 있는 더 브레스는 너희들이 가진 것과는 달라.

펼친 부분에 새겨진 사인이 보여? 작가의 친필 사인이야. 내가 사고를 당한 뉴스를 어떻게 봤는지 이렇게 위로의 선물을 보내왔어, 와우!

선물은 책뿐만이 아냐.

내 블로그를 찾아서 올라온 글들을 읽었나 봐. 내가 어려서 부모님을 잃고 외가에서 자라난 얘기를 작가가 전부 읽은 것 같아. 그렇지 않고서야 노트북이 부서졌는데 형편이 좋지 못한 할아버지 할머니께 부탁드릴 수 없고, 그래서 아르바이트를 시작한 내 상황을 더 브레스 작가가 알 리가 없잖아?

자, 친구들. 화면을 조금만 아래로 내려 보지그래.

이 사진이 보여?

더 브레스 작가가 보내준 노트북이야, 와우!

화면도 크고 가벼워! 시험 삼아 습작을 써봤는데 따로 키보드를 연결하지 않아도 될 만큼 기본 키보드도 좋아!

지금은 즐거운 듯이 이 글을 쓰고 있지만…….

사실 많이 울었어…….

내게 친구들은 너희들뿐이었고 가족 외의 누군가로부터 선물을 받아본 것도 이번이 처음이야.

동양에 어떤 나라들이 있는지 관심도 없었던 내가 요즘은 하루 24시간을 한국에 대해서만 검색해 보고 있어. 진심으로 작가님께 감사해. 이 작가는 내 인생의 분기점이 되어줬어.

고마워요, 작가 하재건!

당신 글 너무 대단하고 존경스러워!

"맙소사……!"

게시물 아래를 확인한 유진은 입을 다물지 못했다.

F5 키를 누를 때마다 실시간으로 수십 개씩 상승하는 좋아요 아이콘, 그리고 끊임없이 이어지는 댓글.

동양적인 예의를 생소하게 받아들인 많은 미국인이 줄기차게 저마다의 감상을 쏟아내고 있었다.

드르륵!

키보드 옆에 둔 핸드폰이 진동을 일으켰다.

유진은 모니터에 시선을 들이박은 채 넋이 나간 사람처럼 전화를 받았다.

"굿모닝, 에이든……. 안 그래도 전화하려던 참이었어요."

to be continued